ロバート・フロスト詩集

ロバート・フロスト
Robert Frost
藤本雅樹――訳

山間の地に暮らして

Mountain Interval

小鳥遊書房

ROBERT FROST

Mountain Interval, 1916

黒い山々の麓のサウス・ブランチでの時代*より前に、
プリマスの北部地域で過ごした別の時代*があり、そこで
僕たちは春にカバード・ブリッジを越えて散策したことがあった。
だが、わけても最初の時代を過ごしたのは、懐かしの農場*で、
それは、僕たちにそれを安く売ってくれた人物*の言葉通り、
「我が家の小川」*沿いの地で過ごした時代のことだった。
　こうしたことを思い出す必要のない
　　君*に捧げる

目次

たき火　74

雪　109

木々の音《こえ》　142

＊は「訳注」を示し、巻末の「注解」にまとめてあります。

山間の地に暮らして

行かなかった道

黄色くなった森のなかでは　道が　二つにわかれていた
残念ながら　僕には両方の道を行くことができなかった
からだが一つしかなかったからだ、僕はしばらく立ち尽くしていた
それから　片方の道を　できるだけ遠くまで　それも
下生えに覆われ　曲がっているあたりまで　ずっと見渡した。

次に　もう片方の道に目をやった、同じくらい見通しがよくて、
たぶん　そこを通るようにと要求できるだけの　よりふさわしい資格が備わっていた、
なぜって　その道は　草が生い茂り　人の足ですり減らされてはいなかったからだ、
ただし　その点について言えば　実のところ
通行によるすり減りぐあいは　共にほぼ同じくらいだった。

そして　あの朝　二つの道は　同じように横たわっていた
誰の足にも踏みつけられることなく　黒ずんだ木の葉のなかで。
ああ、僕は　また別の日のために　最初の道をとっておいたのだ！
とはいえ　僕には　道と道がどのように繋がっているのかが　わかっていたので、
ふたたび戻ってくるべきかどうか　疑問だった。

僕は　そのことを　ため息まじりに　語るだろう
年を重ねながら　いつか　どこかの地で。
森のなかでは　道が二つに分かれていた、そこで　僕は――
僕は　人があまり通らない道を　選んだのだ、そして
そのことで　何もかもがすっかり違ったものになったのだ　と。

クリスマスツリー
（クリスマスの回覧状）

都会《まち》が　身を引いて
ついに　田舎のことは　田舎に任せることになった
渦を巻いて　舞い飛ぶ雪も　まだ降り積もってはおらず
旋回する木の葉も　まだ積もっていない時期に
一人のよそ者が　我が家の庭地に車でやってきた、一見　都会者のように見えたが、
ただ　あの場で彼は　田舎の流儀で
座ったまま　僕らが外に出てくるまで　じっと待っていた、
僕らは仕方なく　上着のボタンをはめながら出ていき　どなたですかと彼に訊ねた。
都会が置き去りにしてしまい
それがなければ　クリスマスを守り続けることが　できなくなるようなものを求めて

再びやってきた　都会の人だとわかった。
彼は　僕のところのクリスマスツリーを売ってもらえないかと　訊ねてきた。
僕の樹木をね——若いモミの木々の森で　そこは　すべての家々が
尖塔のある教会になっているといった場所さながらであった。
僕は　それらの木々を　クリスマスツリーと　考えたことなどなかった。
あのとき僕は　車で通ることができないほど混み合ったその木々を売り払い
我が家の　裏の斜面を　丸裸にしてしまおうか　との誘惑に
一瞬　駆られていたのではなかったかと思う、
だが　その斜面では　今やお日様の輝きも　お月様同様　ちっとも温かくなくなっている。
その気になっていても　僕は　そのことを木々にはぜったい知らせたくはない。
とはいえ　これ以上僕は　僕の木々を所有しておきたくはない、ただし　他人が
自分たちの木々を所有したり　あるいは　それらを放棄したりする場合を除いては、
それも　売り物になる大きさの時期を過ぎるとね——
すべてのものは　市場の試練に立ち向かわなければならないのだ。
僕は売ろうかどうかと　あれこれ考えあぐねた。

やがて　場違いな礼儀正しさと
言葉足らずに思えるのではないかという懸念からか、それとも
自分の所有物の値打ちを聞いてみたいという願いからか、
僕はこう告げた「それほどの価値はありませんよ」

「どれだけ切ってほしいか、すぐにでもお教えできますよ、
ざっと見せてください」
　　　　　　　　　　　　「いいですよ。
でも、僕がお分けすると期待しないでください」
それらの木々は牧場に生えていて、木立が群がって密集しすぎているところがあり、
そのため　それぞれの枝々の上にだらりと垂れ下がっているものの、かなり
ひっそりとしていて　四方八方に　均等に枝を
張り巡らしている。後方の木に向かって彼は「なるほどね」とうなずいてみせたり、
あるいは　さらに美しい木の下で立ち止まって
買い付け人らしく抑え気味に語った「これはいいですね」

僕もそう思ったが、ただ　その場で　そう口に出すべきではないと思った。
僕らは南側の牧場を登っていき、そこを横断してから、
さらに　北側の斜面を下っていった。

「千本ですね」と彼は言った。

「千本のクリスマスツリーだって！――で、一本いくらで？」

彼は　僕を前にして　その値段を少し下げる必要がありそうだと思った。
「千本で三〇ドルといったところでしょうか」

やがて僕は　もともと彼に木を分けるつもりなどなかったのだと
はっきりそう思った。決して驚いた表情を見せてはならない！
だが　三〇ドルというのは　僕がいずれ売却することになる
この牧場の評価と較べても　とても安すぎる、三セントだよ

（というのも　それらを一本あたりで計算するとそれくらいにしかならないから）――
三セントというのはあまりに安すぎる、
僕が一時間以内に手紙を書く予定の友人たちなら
街中であれば　このような良木に対して払ってくれるであろう　一ドルと較べるとね、
それも　すべての日曜学校が　もぎ取るのにじゅうぶんなだけのものを
たっぷり吊すことのできる　均整のとれた聖具室のツリーのような良木だ。

僕のところに千本ものクリスマスツリーがないのは、わかっているんだ！
単純な計算でも　わかるように
売るよりも　人にあげる方が　三セント以上の値打ちがある。
とても残念なことに　僕には手紙のなかにそれを同封することができないのだ。
クリスマスおめでとう　の　言葉を添えて
僕は　ツリーを一本　あなたにお送りできればと　願わずにいられない。

ある老人の冬の夕べ

人気《ひとけ》のない部屋の　窓のガラスにはりついた　点々と散らばる
星状の　薄っぺらな霜を通して　外の世界の　あらゆるものたちが
そっと　彼の方を　のぞきこんでいた。
視線をさえぎり　彼の目を見えなくしていたのは
手に持ったまま　目もとのあたりで傾けていた　そのランプであった。
さらには　なぜ　きしみの激しいこんな部屋にやってきたのか　その理由を
彼が思い出せなかったのは　年のせいであった。
樽に取り囲まれたまま　彼は――途方に暮れて――立ちつくしていた。
そして　重い足どりで部屋に入ってくるときに　この家の地下室をおびやかし
今再び　重い足どりで部屋から出ていくときに　その地下室を
おびやかし　さらには樹々のざわめきや

小枝の折れる音など　よく耳にする
ありふれたもの音が　聞こえるだけで
箱に激しく打ち当たるような音など一切聞こえない　外の闇夜の世界を　おびやかした。
彼は　まさに自分自身にとっての灯火《ともしび》であった。
そして彼は静かな灯火となって　自分の知っていることに心を傾けながら
今自分の座っている所を　照らしているけれど　やがてはそうもいかなくなってしまう。
彼は　屋根の上の雪や　壁際の氷柱《つらら》を　守るためには
太陽にまかせるよりも　よかれと思って
まことに　ささやかなものではあるが　あの月に
それも　かなりおそく昇る　あのかけた月に
その務めを　まかせると
やがて　眠りについた。
媛炉のなかで　一度　丸太ががたんとくずれ落ちた、眠りを乱された彼は
体を動かしながら　ほっと深い寝息をついたが　なおも眠り続けた。
一人の年老いた男では——そう一人の男の手では——一軒の農家や農場や

田舎の土地を守り通すことなど　できはしないのだ。仮にできるとしても
冬の夜は　ただこのようにして過ごすしかないのだ。

残雪

曲がり角のところに　古い雪がまばらに残っている、
　僕は　それが　雨に打たれて動かなくなっている
風の運んできた一枚の紙*だと
　思うべきだったのだろう。
それには　汚れがまだらにこびりついていて
　まるで　小さな活字が　それを覆っているかのようだった、
たとえ　僕がそれを読んだことがあったとしても——
　とっくに忘れてしまっていた　ある一日の記事さながらだった。

最終盤を迎えて

彼女は　台所の流しにもたれて立ったまま、流し越しに
埃のついた窓の外の雑草に目をやった、
それは　流しからの水のおかげで　丈高くなっていた。
彼女はケープをまとい、帽子は手に持っていた。
彼女の背後では　部屋が散らかっていた、
椅子はひっくり返ったままで、まるで他の椅子や　何かに
座っていた人たちが　様子を見にやって来ているかと思われるほどだった、
というのも　家のすべての部屋となっている——居間と寝室と
食堂を兼ねた——この台所は　散らかし放題になっていたからだ。
そして　ときおり　汚れた悪魔のような顔が
彼女の背後のドアからなかをのぞき込んで　彼女の背中に向かって

話しかけた。彼女は　終始振り返りもせずに　応えた。
「このクルミ材製の書き物机はどこに置きましょうか、奥様」
「何か他のものの上に　乗っかっているものの上にでも
乗せておいて」と笑いながら彼女は言った。「ああ、今夜のところは
置ける所に置いたら、帰ってちょうだい。すっかり暗くなったわ、
町に戻る支度を始めないといけないんでしょ」
顔が黒く汚れた　もう一人の人物が割り込んできて　目を向けると
にっこりと微笑んで　優しく語りかけた、が、彼女は振り返らなかった、
「窓の外の何を見ているんです、奥様」
「私はこれまで一度もそんなふうに奥様扱いされたことなかったわ。
慣例法《ほうりつ》では　何度も何度も
奥様と呼ばれてきました　という証拠を示せば

私、奥様になれるんじゃなかったかしら」
　　　　　「訊いてるのは僕の方だよ、
その窓から何を見ているんだい、奥様」
「この先何年にもわたって　私がさらにたくさん出会うことになるものよ、
ここにこうして立ったまま　何枚ものタオルを使って
何度も　たくさんのお皿と格闘しながらね」
「で、それって何だい。話をはぐらかしているだけじゃないか」
「洗い桶の好きなたぐいの女性たちよりも
洗い桶から流れ出る水の方が大好きな茂った雑草のことよ、ジョー、
あなた向きの　小さな干草用牧草地ってとこかしら、
それほどたいしたところではなかったわ

こうして　最果ての森に　やってくるまではね。
もっとも　景色と呼ぶには
もの足りないんだけれど」

「なのに、君は　自分でもここが気に入っているんだろ?」

「あなたが知りたいと思ってるのはそれなのね!　あなたの願いは
私がここを気に入ることなのね――バタンと大きな音を立てれば　二階のあそこから
デカイ連中を追っ払えるわ。あんなに大きな図体をした
男たちが歩き回るせいで　まさに　この小さな家の骨組みが
がたがたになりかけてるのよ。二人きりになれば、
あなたも私も、いいこと、もっと静かな足取りで
階段を上り下りして、部屋を通り抜けていくでしょう、そして私たちの手から
無理やりもぎ取ってしまう突風以外には　バタンと音を立てて
ドアをしめるものは　いなくなるでしょう」

「どうやら　君が見ているのは
あの窓の外にあると　君自身が認めたいと思っている以上のものなんだね」
「違うわ、だって　あなたに話している事柄を除くと
これまで私が目にしてきたものは　歳月《としつき》だけしかないんだから。それは
雑草や　干し草畑や　森に　姿をかえて　やってきては
過ぎ去っていくのよ」
「どういう歳月なんだい？」
「ああ、残された歳月のこと――
若い頃とは違ったそれ」
「それなら僕も見てきたよ
君はそれを勘定にいれてなかったのかい」

　　「ええ、ずっと先のことが
ひどくごっちゃ混ぜになったので　やめてしまったの。
数の上で　人手不足になることが　ありえるのかどうか
知りたいの、というのも　私たちはもう若くはないから。——
だから　バタンと大きな音を立てれば　あそこから何か他のものを追っ払えるのよ。
まるで　それは　下に降りてくる男たちの立てる音のようで、
しかも　どの大きな音も　私たちだってよく知っているけれど、
田舎の暗闇のために　今では諦めてしまった　灯のともった都会の街路に
戻っていくものが　ほとんど一人もいないことを示しているかのように聞こえるわ」

「窓のところでじっと見てばかりいないで　そこを離れて、
ここから　もっと活気にあふれた光景を眺めてみてはどうだい。
彼らが今旅立とうとしているよ。群れをなして飛んでいく　あの力強い様《すがた》を見てご覧、
あの真ん丸いものの上空　天の高みに向かって、
その煙突《パイプ》を輝かせながら、それを吸い込む際に

下向きに燃えさかる炎のあたりで　鼻を下に傾けているよ」
「煙突《それ》が　どんなふうに自らの鼻の横面《よこつら》を明るくしているかを見て、
どれくらい暗くなりつつあるかを示す　証拠になってるわ。
今何時だかがわかる、あれで？　つまりお月さまで？　新月だったわね！
月はどっちの肩の上に見えていたかしら？　どっちでもなかったかな。
月は　銀の針金みたいになっていて、何からなにまで　私たちと同じくらい
まっさら。月の明りでは　長くはもたないわ。
ただ、夜を重ねるうちに　月が　毎晩　身近に居てくれるようになって
夜を追うごとにより強くなり　私たちが引越してきた最初の二週間
私たちをずっと見てくれていたとわかって驚いてるのよ。ところで、ジョー、
ストーブお願いね！　彼らが出ていく前に！　窓をノックしてね、
あなたがそれを元通りに組み立直すのを手伝ってと、彼らにお願いしてみて。
私たちは　ここでぼんやり立っていましょう。急いで！　彼らを呼び戻して！」

「連中　まだ帰っちゃいないよ」
　　　　　　　　　　「ストーブは必要よ、
何がなくてもね。それに燈りもよ。
ランプや油が　手の届かないところに埋もれてしまったら、
うちにロウソクはあるかしら？」
　　　　　　　　　　ふたたび
その家は　足音で　満ちあふれ、暗い、
戸口に群がった男たちがどっとなかに入っていき　ストーブをすばやく捕らえた。
大砲の砲口のような穴が　壁にあいていた、
そこに向けて　彼らは　目測で正確にストーブを据えつけると、次いで
繋ぎ合わせたストーブの煙突を手に持って　やってきたが、
彼らの力からすれば　その煙突は　あまりにも軽くて空気みたいなものだったので
不格好な接ぎ手から　天井に向かってするすると動いていきながら、
ほぼ風船のように軽々と昇っていった。

「ぴったりだ！」と一人が言って、ストーブの煙突の側面を叩いた。
「引っ越しのときに　ストーブの煙突で
幸運を呼び込むことから始めるのは　幸先が良い証し。心配はご無用、
田舎に腰を落ち着けて生活するのも　まんざらじゃありませんよ、
良い人生を送れるでしょうから。田舎が好きになりますよ」
ジョーが言った「君たちも農場を見つけて、
良い農夫になり、そして　都会《まち》の仕事は
他の連中に任せるべきだよ。ここには
都会ほど　みんながやれる仕事は　じゅうぶんじゃないけれどね」
「へぇ！」と一人が興奮して言ったが、誰も口を開かなかったので、さらに、
「そのことをこのジミーに教えてやって。彼は農場を必要としているから」
ところが　ジミーはただ馬鹿みたいに　顎を引いて
農夫を自認している　と言わんばかりに
目を白黒させるだけだった。すると　そこにいたフランス人が

みんなを笑わせるような　生真面目な口調で　語った、
「わが友よ、あなたは　自分がいったい何を要求しているのか　わかってないね」
彼は帽子を取ると　それを持ったまま　胸のあたりで両手を
交差させて　いわゆるお辞儀なるものをした。
「この農場であなたたちに僕らの好機《チャンス》を与えてあげましょう」
やがて　彼ら全員がブーツで耳をつんざくほどの大きな音を立てながら
めいめい　この家からごっそり出ていってしまった。

「連中に別れを告げよう。僕らのせいで戸惑っているんだ。考えているんだよ。
彼らが僕らの手に任せようとしているもののなかに　僕らが
何を見ていると彼らは考えているのか　僕にはわからない。裏手の農場が僕らに
提供してくれているように思える　あの牧場の傾斜地や、君が居る流しの
窓の所から北方向に広がっている　君の森のことなんだけれどね。
僕らが　目線を下におとしたり　他の物の方に顔を向けたりするたびに
僕らの方に忍び寄っていこうと　待ち構えているんだ、

まるで　十歩ゲーム*という子どものお遊びの場合のようにね」
「彼らは善良な青年に見えたわ、だから都会が大好きでいさせてあげましょうよ。
彼らが口にできたのは『へぇ！』だけでした、あなたが　彼らに
都会から脱出してきて　役に立つ農夫になるよう　提案したときにね」
「彼らのせいで　君は何か寂しい気持ちになったのかい？
君が　いや　僕らが　この掘り出しものを嫌になるには——
彼らを超えるものが必要になってくるだろうね。とにかく彼らは　僕らを
運命に任せようとしたんだ、相手を説得できない愚か者たちのようにね。
彼らのせいで　僕はすっかり混乱してしまったんだ」
　　　　　　　　　　　　　　　　　　「かねてより
私が常に望んできたのは　それくらいのものよ。はっきり言うと
ほんの一瞬の見栄えの悪さのせいで、それがよりいっそう悪く

しかも、どんどん、どんどん、ひどくなっているように思えるの。
たいしたことではありませんね。ただ彼らが夕暮れどきに立ち去っただけの話。
人が立ち去るとき　これまで　そのことにうまく耐えられなかったの。
お客様が帰った最初の夜、この家が　まるで
幽霊屋敷か　さらしものにでもなってしまったかのように思えたの。いつも
私個人としては　寝るときの戸締りのことが気になっているのですが、
そうしたよそよそしい気持ちも　ほどなく　消えていくことでしょう」
彼がドア陰から　薄汚れた手提げランプを持ってきた。
「僕らの失わなかったものがあるよ！　ほら、これだ！」――
彼はポケットからいくつかのマッチを取り出した。「料理用だね――
誰にも僕らから奪うことのできない食事を　僕らは摂ってきた。
僕は　世界中のすべてのものが　まさに
僕らが摂ってきた食事と同じくらい確実なものになってほしいと思っている。さらには
僕らの摂ったことのない食事が、とにかく、あってほしいと思っている。
君が食べているものが　どこで手に入るか知っているかい？」

「通りすがりに　お店で買ったパンのことね。
バターも　どこかにあるわ」

　　　　　「パンを切り分けておこう。
君のかわりに　僕が来客のために火を熾《おこ》しておくよ。
君を訪ねてくる客は　誰もいないだろうね、
僕らを視察して　剪定や屋根板葺きや解体作業が
必要なものについての　自分なりの考えを伝えるために
ある日曜日に　エドが出かけてくるようになるまではね。
もし　彼が僕らだったら　彼には自分が何をするのかがわかるのだろう、
それもすぐさま。彼は僕らのために計画を立てて　僕らを助ける
つもりなんだろう、ともかく、それで借りを払おうとしているんだ。
さあ、テーブルにパンを用意していいよ。
君が買ったパンを探し出しておいてくれるかい。火は僕が熾すからね。

椅子は　他の椅子の上に載せたままにしておこう
いちいち奥様に提案したくはないんだけれどね――」
　　「またそんなことを、ジョーったら！
あなたは疲れているんだわ」
　　「酔ってたわごとを言うくらい、疲れてるんだ。
僕の言うことは気にしないで。一軒の家からいっさいの家財道具を運びだし
それでもって一五マイル離れた別の家を満杯にするのは　一日がかりの仕事だから、
君は　それらを　下に　どすんと　ただ降ろすだけなんだけれどね」
「天国で降ろしていただければ、　私たち　幸せになれるわ」
「それは　まさに僕がこれまでかねがね望んでいたもので、
まさか　君もそれを望んでいたとは　信じられない」

「知るべきではなかったとでも?」
「知っておきたい
それが君の望んでいたことなのかどうか、さらには　どれだけ
僕のために　それを望んでいたのかをね」
「やましいのね!
あなたは　私が知っているかどうかを　私にわからせたくないんでしょ」
「僕は　知りえないことを　知りたいとは思わない。
でも　ここに来ようと最初に指示したのは　いったい誰だった?」
「まあ、
最初にこのことを考えついたのは誰って。探しているの、ジョー、

ありもしないものを、つまり、そもそもの初めを。

結末と始まり——そんなものはないわ。

あるのは　中間だけ」

　　　「じゃあ、今のこれは何なのだい？」

　　　　　「この生活のこと？

前の家から持ってきた残骸の真っただなかで
ランプの灯りのそばで　ここにこうして二人いっしょに座っていること？
ランプが新しくないのを　否定はしないでしょ。
ストーブもそう、それに　あなたも　私にとってそうだし、
また　私も　あなたにとってそうでしょ」
　　　「ひょっとして　君はそうじゃなかったとでも？」

「気がつけば私たちがそこに居るといった場所では　新しいといえないすべてのことを
私が詳しく語るには　長い時間がかかるでしょう。
新しいというのは　町では愚か者を表す言葉で　そういう連中は
服装やものの考え方の流行に次ぐ流行も　最終的にはうまくおさまるにちがいないと
思ってるのよ。あなたがそのように話すのを聞いたことがあるわ。
いいえ、これは始まりなんかじゃない」

「じゃあ、終わりだと？」

「終わりというのは暗い言葉だわ」

「時間が遅すぎるかな、
あの小山の桃の古木の上で鳴いている
おやすみの声を聞くために　君を引っ張り出したり、
この家に人が住んでいなかった頃に　権利があったのに

隣人たちが採らなかったかもしれない最後の桃を　草地のなかで
星明りを頼りに　もいだりするには。僕はずっと見てきたんだよ。
果たして彼らは　僕らにたくさんの葡萄を残しておいてくれたことがあったろうか。
僕らが懸命にこの家を立て直そうとするまえに、
午前中におこなう最初のことは、出かけて行って
様子を見て回ること、林檎や、梅や、桃や、
松や、榛の木や、牧場や、干し草や、井戸や、小川をね。
それが　農場のすべてなんだから」

「これだけはわかってるわ。
あなたを寝かしつかせてあげるのはこの私だってこと、最初に
あなたにベッドの用意をしてもらわなければいけないとしたらね。さあ、灯りをつけて」

もはや　台所のランプの灯りが　消えてしまうと、
ストーブの割れ目から　火明りがこぼれ

天井では　黄色い光が　くねくねと踊っていた、
とても寛ぎながら、いつもそこで踊っているかのようだった。

電話

「今日　ここから
歩けるだけ遠くまで　出かけていったとき、
時間があったので
そっと静かに
頭を一輪の花にもたせかけながら　身体を反らしていると
君の話し声が　聞こえてきたんだ。
まさか自分は話してないって言うんじゃないだろうね、だって僕は聞いたんだ
　君が話すのを――
君は　窓の敷居の上に乗せたあの花のところから　話していた――
自分がいったい何を語ったか　覚えてるかい？」

「先に教えてよ、あなたが聞いたと思ったものが　いったい何であったのかを」

「その花を見つけて　蜂を追い払いながら、
僕は頭を傾け、
さらには　花柄をつかんだまま
耳を澄ますと　その言葉が聞こえてきた　と　思った――
それはいったい何だったのだろう？　君は僕を名前で呼んだかい？
それとも　君が言ったのは――
『さあ来て』と誰かが言った――前かがみになったとき、僕はそれを聞いたんだ」
「私だって　そんなことだろうと思ったかもしれないけれど、でもそれほど大きな声では
　なかったんでしょ」
「まあ、そういうわけで　僕はやって来たんだよ」

出会いとすれ違い

石垣に沿って丘をくだっていくと
門があった　以前僕は　それに寄りかかって　景色を眺めたことがあった
そして　丘を登ってくる君を　初めて見かけたとき
ちょうどその場所から振り返った。それが僕たちの出会いだった。だが
その日　僕たちがおこなったのは　夏の土埃のなかで
大きな足跡と　小さな足跡を　混ぜ合わせることだけだった　まるで
僕たちが　これまでのところ　二人未満　一人以上であるという
姿を描いているかのようだった。君のパラソルが

深くひと突きすることで　小数を点で区切った。
そして　僕たちが語り合っている間じゅう　君は　土埃のなかで

下方にいる　何か微笑みかけるべき相手を　見ているように思えた。
（ああ、それは　僕に不利益をもたらすものでは　決してなかったのだ！）
その後　僕は　僕たちが出会う前に　君がすれ違ったものの前を
通り過ぎ、君は　僕がすれ違ったものの前を　通り過ぎていった。

ハイラ川

六月までには　僕たちの小川から　歌声や水の速度《いきおい》が　消えてしまう。
それ以後　多くを要求されると　小川は地下に潜って
手探りで　進んでいくようになってしまうか
（さらに　まるでほんのわずかな雪のなかで　橇の鈴の幻影よろしく、
ひと月前に　霧のなかで鳴き叫んでいたそれ　すなわち
アマガエル種*すべてを　好んでいたのだが）——
さもなくば　風に吹かれて押し曲げられてしまう　か弱い群葉で
小川の流れの方向に逆らってさえいる　ツリフネソウのなかで
生育し地上に頭を出すかの　いずれかだとわかるだろう。
川床には　暑さでくっついてしまった
一枚の色褪せた紙のような枯葉が残される——

小川は　ただ永く記憶してくれる人だけに　委ねられるもの。
この小川は　この先も人目に触れながら　どこか他のところで歌にうたわれる
いくつもの小川とは　遙かに違ったやりかたで　存在する。
僕たちは　僕たちが愛するものが今在るがゆえに　それらを愛する。

カマドムシクイ

誰もが聴いたことのある歌い手がいる、
鳴き声の大きな　森のなかほどに棲んでいる　真夏の鳥で、
硬い木の幹を　繰り返し響かせる。
その鳥が言うには　木の葉は老いていて　真夏は
花が　次々に　姿を現す季節である　と。
さらに鳥は言う　花が早く散る季節が　過ぎ去り、
梨や桜の花も　晴天の日に　空が雲で覆われた瞬間
俄雨によって　落下してしまった　と、
そして　いわゆる堕落という名の　あの別の落下がやってくるらしい。
また鳥は　街道の土埃*が　あたり一面を覆い尽くす　と言う。
その鳥は　絶えてしまい　他の鳥と同じようになるだろう

もし　歌をうたいながらも　うたってはいないのだという自覚がなければ。
その鳥は　言葉以外のすべてを使って　問うている
少なくなってしまったものから　いったい何を作るのか　と。

束縛と自由

愛には　自らがしがみつく大地があり
その周りを　丘や　円を描く入江が　取り囲んでいる——
恐怖を締め出すための壁のなかに　壁が巡らされている。
だが　思考には　そのようなものは　いっさい必要ない、
というのも　思考には　びくともしない翼があるから。

雪や砂や芝生の上に立つと　僕にはわかるのだ
愛が　この世の中に抱きしめられて　緊張しながら
押しつけた足跡を　どこに残していったかが。
そして　愛とはそういうものであり　そうあることを喜んでいる。
ところが　思考は　おのれの両足首を揺すって　緊張をほぐしていた。

思考は　星間の暗黒を　切り開き
一晩中　シリウスの円環*に　座り込む
やがて　日が差してくると　思考は自らの飛行の旅を辿り直すことになる、
羽毛すべてが　焦げる臭いを放ちながら、
お日様のそばを通り過ぎて　地上の部屋を目指して　戻っていくときに。

天国で思考が獲得するものは　現世のそれと同じ。
ところが　ある人たちが言うには　奴隷となり
ただじっとそのままでいると　愛は　いくつかの美をまとう
すべてのものを　独占してしまうらしい　そして思考は　遠くまで旅し
別の星では　そうした美が　融合して一つになっていることを知るのだと。

樺の木

より真っすぐで　より黒々とした木立と　交差するように
樺の木々が　左右にたわんでいるのを見かけると　僕は　どこかの少年が
それらに　ぶらさがって遊んでいたのだろうと　考えたくなる。
でも　ぶらさがるだけでは　氷雪嵐の仕業のようには
それらが　曲がったままでいられるわけはない。あなただって　雨上がりの
日のさす冬の朝に　それらが氷を背負っているのを　しばしば目にしたことが
あるはず。そよ風が吹くと　それらの木々はたがいに触れあって
カチカチと鳴る　すると　振動のせいで　そのエナメル膜が鋭い音をたてて
ひび割れるときには　様々な色に変化するのだ。
ほどなく　太陽の熱を受けて　それらは　水晶の殻をふりこぼし
それが　粉々に砕け散って　固くなった雪の上に　どっさりとふりかかる

それも　掃き片づけなければいけないほど　たくさんふってきて
天の円屋根の内側が　崩れ落ちてしまったのではないかと思えるくらい。
それらの木々は　重荷でしおれたシダの茂みの方まで引きずりおろされてはいるものの
折れたりはしないようだ。ただ　いったん　こうして低く長い間
押し曲げられてしまうと　決して　真っすぐ立ち直ることはない。
何年もたって　それらの幹が　森のなかで　弓なりになって　地面の上で
葉を引きずるようにしているのを　目にすることがあるかもしれない、
まるで　その姿は　髪を前に投げ出すようにして
日向で乾かしている　四つん這いの女性たちのようだ。
ただし　ここで僕が言いたかったのは〈真理の女神〉が
氷雪嵐に関する事実の話を持ち出して　割り込んできたとき
むしろ　僕としては　ある少年が　牛の連れ戻しの際に
それらを曲げたのだという話にしたかったということ――
それも　町から遠く離れているので　野球も知らず
夏か冬にでも　自分で見つけだして　一人でやれるような

遊びしか知らないような　少年なのだ。
そんな彼が　父親の木を　一本ずつ征服していったんだ、
何度も何度も　木に乗っかって
ついには　それらから硬さを　奪ってしまい
ぐにゃりと曲がったものしかなく　もはや彼には
征服すべき木がなくなってしまった。そこで　彼は知ったのだ、
あまり早く木に乗りはじめないこと　木を　完全に
地面のところまで押し曲げたりしないことなど
学ぶべきすべてを　である。彼は　枝の天辺にたどりつくまで
いつも平衡を保ちながら　注意深く登っていった、
ちょうど　コップのふちか　そのふちから溢れる寸前のところまで
水を注ぐときと同じような　苦心を払って。
次に彼は　シュッと音をたてて　足から先に　外向けに飛び出していき
地面に向かって　宙をけるように　地面へとおりていった。
この僕自身も　そうだった、かつては樺の木揺すりをやっていたのだ。

しかも　僕は　そんな過去の自分に戻ることを　夢見ているのだ。
それも　様々な気遣いに　倦み疲れ
人生が　まさに路なき森
そんな森のなかを通るときには　クモの巣を突き破って進んでいく際に
顔が　ひりひりしたり　むずがゆくなったり、さらには　開いた片方の目に小枝が
打ちあたって　涙を流したりするはめになる。
僕は　しばらくの間　大地から離れ
やがて　大地に戻ってきて　ふたたび　最初からそれを始めたいと思う。
どうか　運命が　わざと僕のことを誤解して
僕の望みを少しも聞き入れずに　二度と帰れないよう　僕を連れ去ってしまうことが
ないように。大地は　愛にふさわしい場所なのだ。
それ以上に良くなりそうなところなど　僕は知らない。
僕は　樺の木登りをして
黒い枝々をつたいながら　雪のように白い幹をよじ登り
〈天〉に向かっていきたい、その木が　もはや耐えきれずに

その天辺を下にさげ　僕をふたたび　おろしてくれるまで。
天に向かうことも　ふたたび戻ってくることも　ともにすばらしいことだろう
人は　樺の木揺すりをするよりも　ずっと悪いことをしかねないのだ。

エンドウ豆の茂み

僕は　日曜に教会のお勤めが終わったあと　一人で
　ジョンが木を切っている場所まで　歩いていき、
あの樺の木のことを　自分の目で　確かめてみた
　エンドウ豆を守るために残しておいてもよい　と　彼が言ってくれた木だった。

新たに刈り払われた　狭い山道にさすお日様は
　五月の最初の日のわりには　じゅうぶん暑く、
今なお　おのれの生命の血を流し続ける　切り株からの
　樹液の香りで　むせていた。

地面が低くて　湿った所では　いたる所に

甲高い鳴き声をあげる　たくさんのカエルたちがいて、
静かに進む　僕の足音を聞きつけた瞬間
　僕を監視しながら　僕がいったい何を手に入れにやってきたかを　確かめようとしていた。
いたる所に　たくさん積み上げられた　樺の木の大枝！——
　すべてが　最近斧で切られたばかりの　腐ったりしていないものだった。
そろそろ　誰かが　荷馬車を二頭の馬に引かせてやってきて
　野生の花たちの背から　それらを取り除いてあげてもよい頃だ。
それらは　園芸用として　役に立つかもしれない、
　小指を丸く曲げて
あやとりの糸をつかむのと同じように
　地面から起き上がってくれればね。
野生で育つものには　ほとんど役に立たない

　大枝の山が　たくさんのエンレイソウ*を　押し曲げていた
その花は　大枝が積み上げられる前に　すでに蕾をつけていて
地上に頭を出しかけていたので　芽を出すに違いなかった。

種まき

夕飯が食卓に並ぶと　今夜は　もう仕事をやめて　戻るよう
君が僕を呼びにきてくれる、そこで　僕たちは確かめてみる、
林檎の木から落ちた　白く　柔らかな　花びらを埋める
作業の手を　とめてしまってよいものかどうかを

（そう、柔らかな花びらだけれど、さほど不毛ではなく、
それらには、つるつるしたソラ豆や皺のよったエンドウ豆が混ぜてある）
そして　君について行ってよいものかどうかを、やってきた理由を君が忘れてしまい
僕と同じようになって、大地への　春の熱情の
虜になってしまわないうちに。

愛は　この「種まき」を通じて　あの早い誕生《めばえ》を見守っているあいだに
どんなふうに　燃え続けるのだろうか、
ちょうど　土壌《つち》が雑草《くさ》で荒んでしまうように、
幹が弓なりになった　丈夫な苗木が　やってきて
押し分けるように突き進みながら　土粒を撒き散らしていくときに。

おしゃべりの時間

道の方から　友人が僕に呼びかけてきて
意味ありげな足並みへと　馬の速度《あゆみ》をゆるめても、
僕は　じっと突っ立ったまま　まだ鍬を入れていない
すべての丘陵地のあたりを　見まわしたりするようなことはせず、
今いるその場所から　大声でこう叫ぶんだ、何だい？
いや、話す時間はなくもないけれど、今はだめなんだ。
僕は　よく肥えた土地に　鍬を突き刺す、
刃の先端を上に向け　五フィートの高さまで振り上げる、
そして　ゆっくりと進んでいく。石垣のところまで進んでいくのだ
友人らしい　おしゃべりをするために。

林檎の収穫期の牛

最近　その雌牛だけが　何かに感化されて
開け放しの柵にも　石垣にも　平然としていて、
バカな人間たちのことも　石垣を造る人たちのことも　何とも思わなくなっている。
彼女の顔には林檎の絞りかすが　斑《まだら》についていて　口からは林檎酒シロップが
垂れている。果実の味がわかっていたので、
彼女は　根元まで枯れかけている牧草には　目もくれない。
木から木へと駆けていき　そこで寝そべったまま　切り株に突き刺さったり
虫に食われたりしている　落ちた実の　ご機嫌取りをする。
急いで立ち去らないといけないときは　実を噛みっぱなしに放っていく。
彼女は　大空を背に　丘の上で　大声を出して鳴く。
その乳房は　萎びてしまって　ミルクも出なくなっている。

遭遇

かつて「嵐の前の晴天」と呼ばれるような日に、
暑さのせいで　靄《もや》が　ゆっくりと立ちこめ　太陽が
自らの力によって弱まってしまっているように見える日に、
僕はヒマラヤ杉の湿原を　半ばうんざりしながら　半ばよじ登るようにして
通り抜けていった。ヒマラヤ杉の樹脂や
植物のかさかさの表皮で息が詰まりそうになり、さらに　疲れて体温が上がりすぎ、
ついに　僕は知っている道を離れてしまったことを悔やみながら、
立ち止まって　掛け鉤《かぎ》のようなものに寄りかかった
その鉤は　僕の上着をつかんで　座るのと同じくらいしっかりと　身体を支えてくれた、
そして　他に視界の良い方角がなかったので、
天空を見上げた　すると　そこには　青空を背にして

一本の蘇った木が　僕に覆いかぶさるように立っていた、
それは　一度倒れて　再び育った木だった——
樹皮のない幽霊だ。彼の方も躊躇《ためら》っていた、
まるで　僕を踏みつぶしてしまうのではないかと　恐れているかのようだった。
彼の手が　奇妙な位置にあるのがわかった——
それは両肩の上部に付いていて、なかに何かが入った黄色い針金のより糸の束を
引きずって　人間たちから人間たちのところへと運んでいったのだ。
「ここにいた？」と僕は訊ねた。「最近見かけなかったけど、どこに居たの？
どんな面白いニュースがあるかなぁ——知ってたら話してくれる？
どこにいってたか教えてくれる——モントリオールかい？
僕はどうかって？　僕はまったくどこにもいってないよ。
たまに　踏みならされた道を外れて　ぶらぶらしながら
ホテイラン*を探しにいったくらいかな」

距離測定

その闘いによって　糸を菱形に張りめぐらした蜘蛛の巣が　引きちぎられ
地上に棲息する鳥の巣のそばの花が　たった一人の胸元に
しみをつける前に　切られてしまった。
傷ついたその花は　二つに折れて　うな垂れてしまった。
それでも　親鳥は　ひな鳥のもとに　戻ってきた。
鳥が舞い降りてきたせいで　すでに一匹の蝶が　追い出され、
一瞬　宙に浮いたまま　休息《やす》める花を探しながら
ほどなく　花の方にそっと身を屈めると　羽をひらひらさせて止まった。
草木の生えていない高原の牧場では　モウズイカの茎の間に
夜通しかけて　糸巻き車や　銀色の露に濡れて

引き締まった太索《ふとづな》が　広がっていた。
突然飛んできた弾丸によって　その巣が揺れ　水気がとんだ。
そのなかに住んでいるクモが　急いで蝿を出迎えにいったが、
何も居ないのがわかると　むすっとして　引き返していった。

山地の妻

Ⅰ　孤独——彼女の言葉《はなし》

鳥たちが　どうやら　さようならを告げるために
　家のあたりにやってくるとき
誰もが　あなたや私ほどに
　気にかけなければいけない　というわけではないし、
また　鳥たちのうたう歌が何であれ　歌うたいながら
　彼らが戻ってきても　それほど気にかける必要もありません。
実は　私たちという存在は　この地にあって　あるものには
　嬉しすぎるものである　と同時に

他のものには　悲しすぎるものでもあるのです——
　胸が　いっぱいになっている　鳥たち
お互い同士や　彼ら自身や
　彼らが造った　あるいは　運んできた　巣にとっては。

II　家の恐怖

いつも——僕は　彼らが学んだこのことを　君に教えてあげる——
いつも　夜になって　彼らが遠くからこの寂しい家に戻ってきたとき、
灯りの点《とも》っていないランプや　火が消えて灰色になった
炉のもとに　戻ってきたとき、
彼らは　錠と鍵を　カタカタ鳴らし
たまたま　居るかもしれないものに

警告と　逃げ出していく時間を与えることを　学び、
さらに　屋内よりも　屋外の闇の方が　好きだったので
彼らは　内側のランプに火を点すまでは
家の扉を　大きく開けたままにしておくことを学んだのだ　と。

III　微笑み——彼女の言葉《はなし》

私　彼が立ち去っていくときの態度が　好きになれなかったの。
あの微笑み！　それは　決して明るさから生まれてくるものでは　なかったわ。
なのに微笑んだの——彼を見た？——そうだったに違いない！
おそらく　理由は　私たちがパンしかあげず
そして　あの恥知らずは　そのことで　私たちが貧乏だと知ったからよ。
それにまた　彼は　まるで自分がつかみ取っていたかもしれない　といわんばかりに
私たちから奪い取る代わりに　私たちに差し出させるように仕向けたからよ。

さらには　彼は　私たちが結婚していることや
とても若いということで　私たちのことをあざけていたからよ（しかも　彼は
私たちが　年老いて亡くなっていく光景を想像して　喜んでいたわ）
この先　遠くどこまで　彼はその道を進んでいくのでしょう。
たぶん　彼は森のところから　じっと見守ることになるでしょうね。

Ⅳ　しばしば繰り返される夢

彼女は　彼らが眠る部屋の
　掛け金を　延々と悩まし
続ける　暗い松を表すのに
　じゅうぶんな暗い言葉を　持ち合わせていなかった。
疲れ知らずだが　無能な手が

ありとあらゆる　無駄なごまかしを使って
神秘の鏡《ガラス》の前で　その大きな木を
　小鳥のように　見せた！

その木は　部屋のなかに入ってきたことはなかった、
　そして　二部屋のうち　たった一部屋だけが
その木がしでかすかもしれないことについての
　しばしば繰り返される夢のなかで　恐れを抱いた。

V　衝撃

そこは　彼女にとって　寂しすぎるところだった
　そして　荒涼としすぎていた、
さらには　彼らは二人きりで

　子どもがいなかったし、

家の仕事もほとんどなかったので
　彼女は自由だった、
そこで　彼が畑を鋤ですいたり　あるいは
　木を伐り倒したりしているところまで　追っていった。

彼女は　丸太の上で休息をとり
　新しい木っ端を　放り上げながら、
口元で　ぼそぼそと
　独りごとのように　歌を口ずさんだ。

そして　一度　彼女はクロミモチノキ*の
　大枝を折るために　出ていった。
あまりに遠くまでさ迷っていったので　彼が彼女を呼んだとき

　かろうじて　その声が聞こえるほどだった――
でも　彼女は　返事をしなかった――口を開くこともせず――
　あるいは　戻ろうともしなかった。
彼女は　立ったままで　やがて　駆けだし
　羊歯《しだ》のなかに　身を隠した。

彼は　いたるところを探し回ったが
　いっこうに　彼女は見つからなかった、
そこで　彼は彼女の母親の家にいって
　ここにきていないかと訊ねた。

唐突で　あっという間の　あっけないものだった
　二人の絆が与えてくれたものと　同じくらい、
そして　彼は　墓の他にも

最終的なものがあることを　学んだ。

たき火

「さあ、あの山に登って　度胸試しをしてみようじゃないか、
今夜　彼らの誰にも負けないくらい向こう見ずになって、
僕たちが　真っ黒に汚れた手で　積み上げた柴に火をつけ
雨か雪が降るのを　待ち受けるとしよう。
さあ、安全でいるために　雨が降るのを待ったりするのはよそう。
その柴の山は　僕たちのもの。僕たちは　松林の間の　暗く
草木の密集した小道を　枝の上を次々に乗り越えて　柴を引きずっていった。
今夜　僕たちがそれを使って何をするかなど　気にしないでおこう。
それを割るかって？　違う！　ではなくて、その積み上げ方から見て
ひと山ごと燃やしてしまうんだ。そして　壁紙に当たって
どこからともなく射してくる光に誘われ　窓のところに

やってくる人たちについてのお話にしよう。
彼ら、自由な人や　それほど自由でない人、全員の目を覚まさせよう、
私たちが終えるまで、彼らが待っておいた方がよいもののために
彼らが　僕たちに何をしてあげたいかを口に出して言うことで。
この古い火山を何とか生き返らせよう、
仮にそれがこの山のかつての姿であったならば——
そうして　僕たち自身をおびやかすんだ。野火を僕たちの意のままに解き放ってやろう……」
「じゃあ　あなたのこともおびやかすの?」と子どもたちはいっせいに訊ねた。

「もし　ねっとりとした煤煙を上げて火を燃えはじめさせ　さらに
すぐにではなくても　仮に僕が後悔しようものなら、
今も僕が火のことを思い出すかもしれないと　火にさとられたら
どうして僕がおびえたりしないわけがあるだろうか。燃える油分の
僅かな迸り、そして　その火以外の何ものにも
その火は消すことができず、それは

燃え尽きることによって可能であり、燃え尽きる前に
火は　まずうなり声を上げて　星々と火花を混ぜ合わせると
燃えさかる剣で　おのれの周りをさっと掃きながら、
おぼろな木々を　後ずさりさせて　より大きな輪をこしらえるだろう——
とても多くのことがおこなわれる　そして僕にその火を縛りつけることができたら
その火がこの先どれくらい事をおこさなくなるか　僕にはわからない。
ところで　かつて　ある四月のこと　仮に火が僕に対しておこなったように
仲間の群れとともに　ある方向から一心不乱に吹いてくる風を
引き連れてはこないとしたら　どうだろう。
弱い風でも　冬に吹く風となると
風にさらされたブルーバードを　弱らせてしまうように思えた、
弱々しく飛行しながらも　お目当ての止まり木が少なくなっていたから。
そして　かつて　僕の支配下にあったその火の周りを　歩いていたとき
僕が熾《おこ》した火炎は　天を仰ぐ　小さな尖塔となった。
ところが　屋外の風である君は　こんな言いぐさを知っている。

一陣の風が吹いてきた。（昔君は　木々が　扇いで
風を作っていると考えていたよね、だって　君は木々が動くのを
見ただけだったから　風が吹くものだとは知らなかったんだ。）
じっと見守っている　何かが　あるいは　誰かが　あの突風を作り出したのだと。
その風は　炎の先端を押し下げ　越冬する草を　軽く押さえつける、
君の舌が　君の手のなかの塩か砂糖に　触れるか触れないかといった感じで。
火が延びていった場所は　すぐさま黒くなってしまった。
その黒色が　ほぼあたり一面に広がり　暗くなるまでに
あの燻《くすぶ》るタバコの　単なる煙のようなものになっていた——
しかも　もうすぐ登場する　ユキワリソウや
サンギナリアや　スミレのように　か細い炎だった。
ところが　黒いものが　黒死病のように　地面に広がり、
そして　僕は　空が　冬と夕方がいっしょに近づきつつあるように
雲に覆われて　暗くなった　と思う。
また　野原が北の方に延び広がっているあたりには

考えるべきことがたっぷりあった
そして　太陽が　ハイラ川の方に沈んでいくとき、僕は
よくよく考えもせずに　それを燃え盛る炎に投じた、すると　それは道路際に
近づいていき　炎の方にも向かっていく　怖ごわ
彼らは　萎れたワラビや　いっぱいに伸びた牧草や
古い銀色のアキノキリンソウや　榛の木や
絡まりついたブドウの蔓のなかに　燃料となるものを見つけて、
不毛な　越えてはならない一線を飛び越えることになるかもしれない。自分のものとして
僕は　近くにどんな前線（隣接地）があるかを　理解した。僕は　膝をつき
両手を地面に押し込んで　顔を近づけないようにした。
そのような火と闘うには　叩くのではなく　こすりつけるのが良い。
あれば　板が一番の武器になる。
僕はコートを持っていた。そして　ああ、僕には　わかって　わかっていた、
だから大声で　はっきりと言ったんだ、濃い煙や　間近に迫りくる熱に
僕は耐えることができないと。しかし　僕のせいで　すべての森や町が

火事に見舞われるのだと思う、そして　すべての町の人々が　僕のために
闘ってくれているのだということがわかった——そうした考えが僕を支配した。
僕は　遮蔽となる小川を頼りにしたが、道路がダメになってしまうのでは
ないかと不安だった。そして　向こう岸の火が消えるときには
必ずパチパチはじける木の騒がしい音がするかもしれないと——
火つきのよい牧草や雑草よりも　もっとたくさんの物音がするかもしれないと——
そのため　僕は立ち上がって　体を後ろに反らしながら
それを押し留めた　まるで　僕の首に手綱が巻きつけられて
畑仕事に　勤しんでいるかのように。
僕の勝ちだった！　ところが　それに奪われた時間を使って
僕が炭のような黒色で塗り広げた空間の　十分の一でも
別の色で　塗り広げたことのあるものなど
きっと一人もいなかったと思う。町から故郷《ふるさと》に戻ってくる隣人たちには
信じられないだろう、自分たちが背を向けていた間に
それほど多くの黒色が　すでにそこまで達していたことや、

彼らが　一時間ほど前に通過したときには　それはそこになかったということを、
また別の道を通っていたので　彼らはそれを目にしなかったからなのだが。
彼らは　誰かがそれを目にしていたのではないかと　あたりを見回した。
しかし　誰もいなかった。僕の疲労のすべては　いったい何処に消えて
しまったのだろうか、さらに　独立記念日の暑さで萎びた気分にもかかわらず
重い靴をはいて　なぜ　僕がこれほど軽やかに宙を舞うように
歩いているのだろうかと、心のどこかで　僕は不思議に思っていた。
どうして僕は　そうしたことを思い出すのを　怖がったりしないのだろうか?」

「それがあなたをおびやかすとしたら、それは私たちにいったい何をしてくるでしょう?」

「君をおびやかしてくるよ。でも　おびやかされてひるんでしまうとしても、
万が一それがやってきたら、戦ってみてはどうだろう?
いくつかの理由で　どうしても僕が知りたいのは　その点なんだ――
どんな答えでも　君なら僕を慰めることができるよ」

「まあ、でも戦争というのは子どもたち向きじゃないわ——大人たちのもの」
「今僕たちは　ほぼ中国に向かって穴を掘り進んでいるんだよ。
いいかい、お前たち、お前たちはそう思った——僕たちはみんなこう思った。
だから　お前たちの間違いは僕たちのもの。でも　お前たちは聞いたことがないかい、
戦争が起こって　海戦地にいることがわかってしまった
子どもたちの乗る船のことや、星や天使以外のすべてのものより
ずっと遙かかなたの頭上を　夜にブーンと唸りながら　速やかに
雲間をぬって　戦争がやってきた町のことを——
そして　船や町にいた子どもたちのことを。
お前たちは　僕たちが何を学ぶために生きているか　聞いたことがあるかい？
さほど目新しいことではない——何か僕たちが忘れてしまったことなんだ。
戦争はすべての人々に向けてのものであり、子どもたちに向けてのものでもあるんだ。
お前たちにこんな話をするつもりはなかったし、してはいけなかったのだ。

一番良いのは　僕といっしょに丘に登っていって
火を焚き　声を上げて笑いながら　心配することだ」

ある少女の菜園

村の僕の隣人*の一人は
　彼女が農家の少女だった　ある春のこと
彼女がどんなふうに　子どもらしいことを
　やったかについて　語るのが好きだ。

ある日　彼女は父親に　おねだりをした
　自分で　種をまき　世話をし　刈り取るための
菜園用の土地をくださいと
　すると父親いわく「いいだろう」
隅っこの方を捜しながら

彼は　かつてお店のあった
柵で仕切られたわずかな遊閑地のことを思い出し、
　こう言った、「あそこだ」
さらに彼は言った、「あそこなら　お前一人でやれる
　理想的な農場になるはず、
そして　お前のひょろ長い腕が
　少しは力をつける機会を　与えてくれるはずだ」
父親が言うには、菜園は　鋤で耕すには
　じゅうぶんな広さがない、
そこで　彼女はすべての作業を手でおこなわなければならなかった、
　しかし　今や彼女は　意に介してなどいない。
彼女は　手押し車で　長い道に沿って

　肥しを運んでいった。
ところが　いつも　途中で逃げ出してしまい
　結構とは言えない積み荷を　置き去りにし、
さらに　通りすがりの誰からも見えないよう　身を隠した。
　次に　彼女は　種をねだった。
彼女は　雑草以外の　すべての種類のものを一つずつ
　植えようと思う　と　言った。

それぞれ　山盛りになったジャガイモ、
　ラディッシュ、レタス、エンドウ、
トマト、ビート、インゲン、カボチャ、トウモロコシに、
　　さらには果樹も。

それから　そう、彼女はずっと

　今日　実をつけるようになった
あの林檎酒用の林檎の木は　自分のものだと
　ないしは　少なくとも　そうかもしれないと　思っていた。

彼女の作物は　種々雑多で
　とどのつまりは、
すべてが　ほんのわずかで、
　ゼロという大成果。

現在　村にいる彼女は
　村の様子を確かめ、
まさに　村がうまくいっているように思えると、
　彼女は言う、「私にはわかるの！
私が農夫だった頃と同じだって――」

ああ、助言は結構！

それから　彼女は　同じ人物に対して　二度

その物語を語ることで　決して神に背かないようにしているのだ。

晒された巣

絶えず君は　何か新しい遊びを　見つけようとしていた。
だから　牧草地で　君が四つん這いになって
新たに刈り取った干し草相手に　精を出し、
それを真っ直ぐに立てようとしているのを目にしたとき、
僕は　その干し草の立て方を　君に教えてあげようと思った、
「弱い向かい風が当たるようにする」それが君の考えであったとして、
さらに「君が　たとえ振りであっても　それを植え直して
再び育つよう手助けして欲しいと　僕に頼んできたら」ね。
しかし　それは　現在の君にとって　決してまやかしなどではなかったし、
かといって　草そのものが君の真の関心事であったわけでもなかった、
君の手が　萎れた羊歯や　鋼のように輝く六月の草や

クローバーの黒くなった穂先で　満たされているのがわかったとしても。
それは（奇跡的にも肉を味わったことのない）
刈り取り機のカッターバーが　ちょうどむしゃむしゃと草を食《は》んでいった
大地の上にある巣で　そこにはひな鳥が溢れていて
さらには　熱や光に無防備なまま晒されていた。
君は　そんな鳥たちが　自分の視界と
手に負えない過剰な世界との間に　すぐさま何ものかを差しはさむ
自らの権利を取り戻すよう　望んでいた――もしその方法が見つかればね。
満杯のその巣は　僕たちが動き出すたびに
帰宅をあまりにも長く先延ばしにしていた
母鳥に対してと同じように　僕たちに果敢に立ち向かってきたが、
それで　僕は尋ねた　その母鳥は　戻ってきて
このように光景が移り変わっていくなかで　ひな鳥たちの世話をするつもりなのかと、
さらには　僕たちの干渉のせいで　彼女をさらに恐れさせてしまったのかどうかと。
それは　僕たちが後回しにしてはいけない　知っておくべき事柄だった。

良いおこないをする際に　僕たちが冒してしまう危険だとわかっていたが、
それでも　僕たちは敢えて最善を尽くすのを厭わなかった、
たとえ　災いが　そこから生じてこようとも。そこで　君がすでに作り始めていた
例の仕切りを仕上げ、ひな鳥たちに目隠しになるものを取り戻してあげた。
これはすべて僕たちの気遣いを証明するためだった。これ以上話すべきことがないなら
そこに居る理由があるだろうか？　僕たちは他の事柄に取りかかることにした。
僕には　まったく記憶が　ないけれど——君はどう？——
鳥たちが　あの最初の夜をうまく切り抜け
そうして　最後には翼の使い方を学んだのかどうかを　確かめるために
再びあの場所を訪れたという記憶が　あるかい。

「消えろ、消えろ――」

庭では　丸鋸が唸り　がたがた音を立て
木粉《ほこり》をまき散らしながら　ストーブ用の長さに薪を切り落としていった、
そよ風がそこをよぎると　甘い香りが漂った。
そして　その場から　目を上げる人たちには
遠く　ヴァーモントに向かって沈みいく夕日のもと
互いの背後に並んだ　五つの山並みを　数えることができた。
さらに　丸鋸は唸り　がたがた音を立て、唸り、がたがた音を立て、
軽やかに回転したり、しかたなく負荷に耐えたりしていた。
そして　何ごとも起こらなかった。一日がほとんど終わりかけていた。
今日の仕事はこれでおしまいだと告げ、労働から救いだされる際に
一人の少年が大いに勘定に入れている三〇分の時間を与えて

この少年を喜ばせるよう　彼らが命じてくれていたら良かったのにと思う。
彼の姉が　エプロン姿で　彼らのそばに立つと
「夕飯です」と告げた。その言葉を聞くと、丸鋸は
自分たちにも夕飯の意味がわかっていることを　証明するためでもあるかのように、
少年の手をめがけて　跳びついてきた、いや　跳びついてきたように思えた――
彼の方が手を差し出してしまったのに違いない。どうであったにせよ、
両者ともに　その衝突を拒んだりしなかったのだ。だが　その手は！
最初に少年が発した叫び声は　痛ましい笑い声だった、
まるで　なかば訴えかけるように　その手を差し上げて
丸鋸の方に急に向きを変えたかのようだった、ただし　命がこぼれ落ちるのを
なかば防ぐかのようでもあった。ほどなく　少年はすべてを悟った――
彼はものを理解できるだけの年齢になっていて、心は子どもだったが、
大人の仕事をこなせるほど大きな少年であったからだ――
彼はすべてがダメになったことを知った。「彼に僕の手を切り落とさせないで！――
来てくれても、先生には。そんなことさせないで、姉さん！」

そうだね。だが　その手はすでになくなっていた。
医者は　麻酔の暗闇の世界に　彼を導いていった。
彼は横たわったまま　息をするたびに　唇をぷっと膨らませた。
やがて――彼の脈を見守《はか》っていた医者はぎょっとした。
誰も信じなかった。彼らは　彼の心臓の鼓動に聞き耳を立てた。
小さく――さらに小さく――止まった！　それで終わりだった。
もはや　そこには　頼れるものはなかった。そこで　彼らは
亡くなった側の者ではなかったので、自分たちの仕事に戻っていった。

ブラウンの下降、
すなわち行き当たりばったりの滑降

ブラウンは　とても高い所にある農場に住んでいたので、
　冬の三時半過ぎに　彼が毎日の仕事をおこなう際
誰もが　何マイルにもわたって
　彼の手提げランプを目にすることができた。

そして　多くの者たちは　ある夜　そこから彼が
　いくつもの地所や　垣や　あらゆるものを乗り越えて*、
手提げランプの灯りの輪を描きながら
　荒々しく滑り落ちてくるのを　見たことがあるはず。

母屋と納屋の間を抜けてきた突風が
　彼の着衣か何かをとらえ
さらに　あたりを覆う凍結した雪面に
　彼を吹き倒すと　姿が消えてしまった！

石垣はすっかり埋もれて、木々もほとんどなかった。
　かかとで　どこかに　穴でも
掘らなければ　停止できるところは見つからなかった。
　ところが　彼は繰り返し穴を掘ったり

足を踏みつけたりしながら　あれこれと独り言を言った、
　そして　ときおり　何らかの効果が出るようにも思えたが、
彼は足場を確保できず、田畑から田畑へと
　下りの道を突き進んでいった。

時に　彼は　両腕を翼のように広げ、
　翼より長い身体の軸を中心に
その場で　くるくる回転しながら、
　わずかな威厳ある態度も見せずに　下ってきた。
彼は　たまたま　より速くなったり　あるいは　より遅くなったりしながら、
　彼の好きなように　座ったり　あるいは　立ったりした、
彼が自分の首を危険にさらすことを恐れるか　それとも
　服を大切にとっておくつもりでいるかどうかに応じて。
彼は　手提げランプを　落とさないようにした。
　すると　ランプで　彼が描いた図形を
遙かかなたから　目にした　ある人が大声で言った、
　「こんな夜の時間に　ブラウンが送っている

あれらの合図は　いったい何なんだろう！
　彼は　何か奇妙な儀式を　おこなっているのだ。
自分の農場を売ってしまったのだろうか
　それとも　農民共済組合の組合長にさせられてしまったのだろうか」

彼は　よろめき、身体を傾け、上下にゆすり、急に止まった。
　それで　転倒して　手提げランプがカタカタと音を立てた
（しかし　ランプの灯りが消えることは免れた）。
　かくして　彼は下り坂の途中まで苦闘した、

おのれ自身の不運を疑いながら。
　やがて　すべてのことに甘んじるようになると、
彼は　あきらめて　下ってきた
　まるで　だらだらした子どものように。

「というわけで――僕は――その――」彼が言ったのは　それだけだった、
　川沿いの道路に立ったまま
彼は振り返って　自分の住居につながる滑りやすい斜面
　（二マイルあった）を　見上げた。

ときどき　自動車の権威として
　僕は　我が家の家畜が　尽きてしまったことを
口にすべきかどうか　訊ねられることがあるが、
　僕の正直な回答は　次の通りだ。

東北部の人間《ヤンキー》は　いつも昔のままなんだ。
　あの滑りやすい斜面を登れなくなったので
ブラウンは　家に戻る
　希望を捨てたのだと思ってはいけない。

あるいは　一月の雪解けの風が　固まった雪を
　さっと平らげてしまうまで
そこにじっと立っていようと考えることすらあった　などと。
　彼は自然の法に従って　優美に腰を屈めると、
ほどなく　立ち上がって　その雪のところを迂回した、
　我が家の家畜にならって。
皆のことは　あまり気にかけていなかった、
　だから、あの特定の時間になると、
皆には　まるで　彼のとった進路が
　彼が向かった進路から　実は真っすぐになっているかのように
見えていたに違いない——
　そう、彼らのことは　あまり気にかけていなかったのだ。

そうしなかったのは　大人にふさわしくないのも同然だった——
　しかも　季節の合間をぬって　政治家になった。
僕は　寒さのなかで　ブラウンを立たせたままにしておいた
　その間　僕は　彼にいくつもの理由を伝えた。
だが　そのとき彼は　三度　まばたきすると、
　やがて　手提げランプを揺すりながら　「アイルが
そろそろ外出するんだ！」と言って　数マイルもある道を
　通って　遠い家路についた。

樹脂《ゴム》採集人

彼は　そこで　僕に追いつくと　僕を誘い込んで
彼の目指す下り坂の所まで、朝早くに歩いていった、
そして　五マイルほど　僕が進む道を行かせてくれたが、
彼が僕を馬に乗せてくれていたとしても　歩いていく方が良かった、
その彼というのは　荷物を入れる粋な袋を持った男で、
さらに半分の大きさの袋を手に巻きつけていた。
僕たちは　自分たちが歩いてきた沿道の川の騒がしい音に
負けないくらい　大きな声で　吠え叫ぶように語り合った。
それから　僕が行ったことのある所や
山間部のどこに住んでいて　昔と同じ方法で
家に戻るつもりでいることなどを　彼に話したが、

彼の方は　僕に自分のことは　ほんのわずかしか話してくれなかった。
彼がやってきたのは　峠のもっと高い所からで、
そこでは　新たに生まれた　たくさんの谷川が
山塊を分離する障害になっている——
そして　粉砕して牧草用の土にするには
どうしようもない量の塊に見える。
（現状のままが　苔には向いているだろう。）
そこに彼は　人目を盗んで掘っ立て小屋をすでに建てていた。
それを　秘密の小屋にしておく必要があった
なぜなら　木材伐採人の眠りを妨げる
火事や損害に対して恐怖があったからだ。
世界の半分が　真っ黒に焼け焦げてしまい
太陽が煙に包まれながら　黄色くなって沈んでいく　幻覚《ゆめ》だった。
僕たちは知っている　彼らが町にやってくるとき
いったい誰が　野の果実を　四輪馬車の座席の下に置いたり

あるいは　卵の入った籠を足の間に置いたりして　運んできてくれたかを。
この男が　木綿の袋に入れて運んでいたのは
樹脂だった、それもエゾマツからとれる樹脂だった。
彼は　ツヤもなく、ザラザラとした、カットしていない宝石のような
良い香りのする物質《もの》の塊を　僕に見せてくれた。
それは　黄金色にして　市場に出される。
ところが　大きな声では言えないが　実はピンク色に変わるんだ。

僕は彼に言った　それは楽しい生活ですね、
その下にいると　昼間でもずっと薄暗い
木々の　樹皮に胸を押し当てていることができるのだから、
そして　小さなナイフを持って　手を上に伸ばしながら
樹脂を自由にしてやり　垂れ流させ
さらに　それを　好きなときに　市場に持っていけるのだから。

通信配線工

ほら　配線工が　開拓者となって　通り過ぎていく。
彼らは　森の木を切り倒す、切るというより、むしろ壊してしまう。
彼らは生きている木のかわりに　死んだ木を植え、死んだものたちを
生きた糸で　いっしょに繋ぎ合わせる。
彼らは　空を背にして　器具を繋ぎ合わせていくが
そこでは　言葉が　封じ込められようが　口にだされようが
頭のなかの思いであった場合と同じように　消されてしまうだろう。
ところが　彼らは　声をひそめることなく線を繋ぎ合わせる。通り過ぎていきながら
彼らは　遙か彼方から大声をあげて、電線をピーンと張り、
それをしっかりつかむ　やがて　張りがきつくなると、
手を緩める——彼らの勝ち。笑い声と、

未開の地を軽蔑している町の住人たちの罵声を携えて、
彼らは電話や電信を運んでくる。

消えゆく北米先住民《アメリカインディアン》

彼はアクトン*の最後の先住民《レッド・マン》だった　と　いわれている。
すると　ミラー氏なる人物は　声をあげて笑ったそうだ——
あのような音《こえ》を　笑い声と呼びたいというのであればね。
それでいて　彼は　他の誰にも　笑うことを許さなかった。
というのも彼が急に真顔になったからで　こんなことを言うためであったかのようだった、
「誰がやる仕事だ——かりに俺が引き受けるにしてもだ、
誰の仕事だ——なのに　どうして納屋の付近でお喋りなんかしてるんだ?——
俺が認めて　仕事の処理を任せてやっている　こんなときに」

それを取り戻したところで　彼が見た通りに見ることなどできはしない。
長すぎる話だから　今　詳しく説明することはできないのだ。

できれば　その場にいて　それを自分で体験しておかなければいけなかっただろう。
そうすれば　それを　二つの種族の間で　いったい誰《どちら》がそれを始めたかという
問題にすぎないものと　見なしたりはしていなかっただろう。

途方もなく大きく　動きのゆっくりとした石臼を凌ぐ
碾《ひ》き臼《うす》を探しまわっていたときに　この先住民《レッド・マン》は
ややしわがれた驚きの叫び声をあげたが、
話を聞いてもらえる資格などない人から生まれてきたため
生理的にミラー氏のことを嫌っていた。

「さあ、ジョン。ホイール・ピット*を見たいんだろ？」と彼《ミラー》は訊ねた。

彼は　痙攣を起こした垂木の下の方に　彼《ジョン》を連れて行くと、
床に空いたマンホールを通して　尾鰭《おひれ》をすばやく打ちふる
サケや　チョウザメなどの　猛り狂った魚のように

苦難にあえぐ水の流れを　彼《ジョン》に見せた。
次に彼《ミラー》は　並みの騒音以上に　ガチャガチャと大きな音を立てる
金輪の持ち手がついた　落とし戸を閉めてしまうと、
一人だけで　上の階にあがってきた——そして　例の笑い声をあげ、
穀物袋を抱えた例の男が——そのとき——つかみそこねた
穀物袋を抱えた一人の男に向かって　何ごとかを告げた。
ああ、そうそう、ジョンに　ちゃんとホイール・ピットを見せてやったよ　ってね。

雪

三人は　立ったまま　吹きつけてくる強い風の音に　耳を傾けた
すると　風は　一瞬　この家に打ち当たって、
雪を吸いこむと、次いで　ふたたび　気ままに吹き荒れた――コール夫妻は、
服は着ていたものの、数時間の眠りから起こされたせいで　髪が乱れていた。
メザーヴ*は　着ている大きな皮コートのなかで　小さくなっていた。

メザーヴが最初に口を開いた。彼は　肩越しに
喫煙パイプで　後ろの方を指しながら　言った、
「ちょうど見えるよね　雪が　屋根からそれ　空に向かって
上方に　大きな巻物状の模様を描いているのが、
僕たち全員の名前を記すことができるくらい長い巻物ってところでしょうか。――

これから妻に電話して伝えようと思います　僕がここにいること
——これまでのところはね——それから　ふたたび出発する予定でいることも。
僕から　彼女にそっと静かに電話してみます　彼女が気をきかせて
すでに床についているようであれば、目を覚まして電話にでる必要はないですから」
三回　呼び鈴を鳴らして*　耳を澄ました。
「おや、レット、まだ起きてたの？　今コールさんの所なんだ。遅くなってしまった。
うちに戻って　お早う　と言う前に
ここから　おやすみ　と言うために　君に電話したんだ——
考えたんだけれど　何とかして——わかってるよ、でも、レット——わかってるさ——
僕なら大丈夫、でも　何の意味がある？　残りの道は
そんなに悪くはないよ。——一時間ほどでいいから。——おい、おい、
ここに来るまでは三時間。でも　ずっと上り坂だったからね。
残りは下り坂。——ああ　いや、いや、決して転げ落ちるようなことはしないよ。
ご夫妻は冷静でいて　お二人とも　まるで最愛の家族のように、
そのことに　時間をさいてくださった。彼らは今この納屋のなかにいらっしゃる——

いいかい、それでも僕は帰るつもりだ。僕は
僕に家に戻るよう君に懇願させるために　電話したわけではない。――」
彼は　彼女が口にしようとしないある言葉を言い淀んでいたが、
ついに自ら　その言葉を口にした、「おやすみ」　それから
返事がなかったので、電話を切った。
三人はランプの灯りに照らされて　一瞬　視線を下げたまま
テーブルのまわりに立っていたが　ほどなく　彼が口を開いた、
「馬たちの様子をちょっと見てきます」
　　　　　　　　「はい、そうしてあげてください」
コール夫妻は二人声をそろえて言った。さらにコール夫人が
付け加えた、「確かめた後の方がより良い判断ができますからね。――
あなたには一緒にここにいてほしいの、フレッド――うちの人をここにいさせて、
メザーヴ牧師《ブラザー》。あなただったら　家畜小屋を通って
外に出ていく道くらい　おわかりですよね」

「おそらくわかると思います。
小屋の何処に自分の名前が刻まれているかを見つけることくらい
たぶんできると思う、その名前は　僕が今何処にいるかは教えてくれなくても、
僕が何者かは教えてくれます。僕は　昔よくここで
遊んだものです――」
「あなたは　自分の馬の世話をしてから　戻ってくるわよね――
フレッド・コール、彼を行かせるの！」
「おや、君はそうじゃないのかい？
君は君で自分の好きなようにやればいいんじゃないかな？」
「私　彼のことを牧師《ブラザー》と呼んだわ。
なぜそう呼んだのかしら？」

「確かにそうだね
それは　君がこの界隈で　彼がそう呼ばれているのを　聞いたことがあるからだけの話さ。
どうやら　彼はすでに自分の洗礼名を　失くしてしまったようだね」
「敬虔なクリスチャンであれば　私自らが　そう呼んであげるべきよね。
彼はまったく耳を貸してくれなかった、違う？　そうね、少なくとも
私は　彼のことが好きだからその言葉を使ったというわけではないの、
誰も知らないんだけれどね。彼のことを考えるのが嫌でたまらない——
一〇歳にもならない子どもを一〇人も抱えてるのよ。
私は　彼の卑劣でちっぽけな拷問派《ラッカー・セクト》や、その宗派について
私が聞いたことのあるすべての話が——多くはないけれど——大嫌いなの。
でも　それは口に出してはいけないこと——ほら、フレッド・コール、一二時よ、
そうじゃないかしら？　彼がここに来てもう三〇分になるわ。
彼の話では、村の店を出たのが九時でしょ。

四マイル進むのに三時間——せいぜい一時間で一マイルか
そこら。まあ、人間が　そんなにゆっくりと　動くことが
動くことが　できるなんて　思えないわ。
それだけの時間を使って　彼がいったい何をしたのか　考えてみて。
それだけあれば　三マイル以上進んでいけるのだから！」

「彼を行かせてはいけない。

彼を離さないように、ヘレン。君の言うことに応じるようにさせるんだ。

あの手の人間は人の話に耳を貸そうとせず　一人で勝手に口にする最後の事柄から
他の誰かが口にするかもしれない何事かに至るまで　生涯ずっと生真面目な話し方をするんだ。

でも、僕は君なら彼に君の話を聞かせることができるだろうと考えるべきだった」


「彼はこんな夜に外に出て　何をするつもりなのかしら？

どうして彼は家でじっとしていられないんでしょう？」

「説教にいかなければならなかったからだよ」

「出かけるのに　夜はだめでしょ」

「彼は心が狭い人なのかもしれないし、
善良な人なのかもしれないね、ただし　一つ確かなことがある、頑強だってこと」

「それに　いやなタバコの強い臭いがするしね」

「彼ならうまく切り抜けるさ」

「あなたはそう言うだけ。うちの家から他の家までの間に
立ち寄ることのできる家や避難場所はないのよ。

もう一度　彼の奥さんに電話してみるわ」

「ちょっと待って、もしかすると彼がするかも。彼がどうするか見てみよう。

彼が再び奥さんのことを考えるかどうか確かめよう。

とはいうものの、彼が自分のことを考えるか怪しいけれどね。

そのことを重要とは思わない人だからね」


「彼を行かせるわけにはいかない――そうよね！」

「今は夜だからね」


「一つ言わせて――彼は　神様をその問題に引きずりこんだりはしなかった」

「彼は　それを神が扱うべき問題とは　考えていないからだよ」

「そう思ってるの、本当に？　あなたは思いやり深いあの人のことを知らないのよ。

彼は　この瞬間にも奇跡を起こそうとしているんだわ。

密かに——自分だけで、たった今、うまくいけば
自分がその正しさを証拠立てて主張し、うまくいかなければ
黙ったままでいようと　彼は考えているのです」
「ずっと黙ったままでいるだって。
そうなれば　彼は死んでしまう——死んで埋められてしまうだろう」
「とても厄介な話ね！
だからといって　私には　彼の身に何が起きるかなど
気にしなくてもよいとするだけの理由が　すべて揃っているわけではないわ
たとえ　そのことで　あの敬虔な　ならず者たちの一人から
信心家ぶった自負心が　わずかでも取り除かれるようなことがあるにしても」
「それはおかしいよ。君だって彼の無事な姿を見たいんだろ」

「あなたはあのおちびさんが好きなんですね」
「君だって少なからずそうじゃない？」
「まあ、
私は彼が今やっていることが好きじゃないけれど、あなたはそれが気に入っていて、
だから彼が好きなのね」
「まあね、いやそれどころか、君もだろ。
君は　誰よりも悪ふざけが好きなんだ。
男に強い印象を与えるために　そのような気取った態度をとらなければならないのは
君たち女だけなんだ。君たちは　僕らに自分が男であることを大いに
恥じ入るようにさせなければならない、結果　僕らは二人の男子の間の面白い
取っ組み合いを見て、それを止めなければ、という気持ちになれなくなるだろう。
あの男が　耳の一つや二つ凍らせようとも　放っておこう、いいかい。——

彼はこのなかにいる。彼のことはすべて君に任せる。なかに入っていって
彼の命を救ってあげてくれ――大丈夫、さあ、メザーヴ。
座って、座ってください。馬はどんな具合でした？」

「元気、元気でしたよ」

「さらにもう少し準備しますか？　ここにいる僕の妻が
そんなことしてもうまくいかないと言ってます。諦めるべきだと」

「私を喜ばせるためにもそうしてくださいません？　お願い！　お願いと申し上げれば？
メザーヴさん、あなたの奥様にお任せするわ。
奥様はさっき電話で何ておっしゃられました？」

メザーヴは　ランプやテーブル上のそのランプからさほど離れてはいない所にある
何か以外には　まったく注意を払っていない様子だった。

人差し指を真っすぐに伸ばして　持ち上げながら、
彼は手で指さしたが　その人差し指は
しわしわの白い蜘蛛のように　膝の上にのっていた。
「開けっぱなしの　あなた方の本のそこのページ！　それが　さっき
動いたんじゃないかと。それが　あんなふうに　テーブルの上のあそこで
真っすぐ立っていますが、僕がこちらにうかがってからずっとです、
そして　何とか自力で後ろに戻ろうとしたり　前に進もうとしたりしているので、
僕はそのページが　どちらに向かうか　目を離さずにいたんですよ。
もし前に進んだら、そのときは　それは友達が我慢できないでいることに関わっていて——
僕が知っているのをご存知でしょうが——あなた方に仕事に取りかかってもらうために
そのページは　どんな風にあなた方が選ぶかを確かめたがっている。もし後ろに戻れば、
それは　あなた方がやり過ごして　その効用を見逃してしまった
何かに対する後悔が原因になっている。でも気にすることはありません、
いろいろな事が　僕たちの前に　やってくるに　ちがいないのです
何度もね——正確に何度とは言いませんが——

物事によっていろいろあるから——僕たちがそうした物事を目にする前にね。
こうした虚言の一つによって　僕たちの前に二度姿を見せるものなど
決してないということが　証明されるでしょう。
もしそうなれば　最終的に　僕たちの居場所はどこになるんでしょう？
まさに僕たちの命は　僕たちが内側から応じるようになるまで
すべてのものの回帰に　依存することになるのです。
その千回目の巡り合わせが　魔法を証明してくれるかもしれません——あのページがね！
そのページはどちらの側にも倒れることができずにいます。風の助けが必要ですね。
でも　風が動いても　そのページは動かなかった。
それは　自ら動いたのです。ここでは　風は役に立ちません。
あんなふうに　とても微妙に事物の均衡を保ちながら
身動きできずにいましたね。それは　ランプに手を伸ばして
炎から立ちのぼる　ひと吹きの黒い煙を捕まえようとしたり
あるいは　コリーの毛《コート》に風を当ててもつれをほぐそうとしたりしたが　うまくいかなかった。
あなた方は　果てしなく続く暗闇や寒さや嵐など　いっさいを

ものともせずに　静かで　ふんわりとした　暖かい
正方形の空気の小さな塊をこしらえ、
そして　そうすることで　これら三つのもの、あなた方のそばに控えている
ランプと犬と本のページに、休息を与えてあげるのです。
ただ　誰だって知っているとはいえ、休息は　あなた方が経験したことのないもの
かもしれませんが、それでも休息を与えてあげるのです。
僕たちは　自分が持っていないものを与えることなどできないというのは　大間違いだし、
私たちがいつも言うことが本当であるというのも、大変な間違いです。
他に誰もそのページを繰ろうとしないのなら、僕がやらなければいけないのでしょうね。
自ら横に倒れようとはしないでしょう。じゃあ、そのまま立たせておきましょう。
　かまうものですか」
「僕としては　あなたをせきたてたいと思っているわけではありません、メザーヴさん。
いや　出ていくつもりであっても——留まると言ってください、いいですか。
でも　外の景色を隠しているこのカーテンを上げて、

あなたを阻もうと　降り積もっている雪の様子を見せてあげましょう。
霜で白くなったガラスを通して　純白のものが見えるでしょう?
前に計測器を見てから　窓枠のどのくらいの高さまで
積もってきているか　ヘレンに訊いてみてはどう」

　　　　「まるで　何か青白いものが
人間が　お互いのなかに　どんな面白いものを
見出したのかを確かめるために　平らな自分の顔や
夢中になりすぎて閉じた自分の目を　押しつぶしたり、
また　自らの愚かな理解力不足から　寝入ってしまったり、
あるいは　マッシュルームに似た自らの白い首を
ぽっきり短くちぎり取ったり、さらには
窓枠に衝突して亡くなってしまったり　しているように見えますね」
「メザーヴ牧師、お気をつけください、そうした悪夢を引き起こすようなお話で私たちを怖がらせる以上に　あなたご自身が怖い思いをすることになるでしょう。
問題となるのはあなたなのですよ、だって　一人であのなかに
出かけていかなければならないのは　あなただからです」

「彼に話をさせてあげなさい、ヘレン、そうすればたぶん留まってくれるだろう」

「あなた方がカーテンを下す前に——僕は気づかされたのです。
ある冬に　ここの空気を吸うために
やってきて——エイブリー家で間借りしていた
若者を思い出すことがありますか?　そう、ある晴れた朝
油断ならない嵐のあと、僕たちの地所を通り過ぎるときに
彼は　僕が雪を積み上げて家を囲っているのを　見たのです。
そのとき　僕は　暖房用に　積雪を深く掘って、
窓枠の上まで　たっぷり雪を積み上げていました。
窓に寄り掛かっているその雪が　彼の眼に留まったのです。

『へえ、素晴らしい案ですね』――これが彼の言った言葉です――
『そうやれば　あなたは暖かくして座ったまま　偏りのない食糧のことを調べながら、
外では　雪の深さが六フィートになっている　と考えることができるんです。
冬でも　それほど寒くはなりえないですね』
これが彼の言った通りの言葉です。それから彼は家に帰っていきました　そして
彼以外の皆は　雪で囲って　エイブリー家の窓から日中の陽光を奪ってしまった。
さて　あなた方や僕なら　そこまではやらないでしょう。
同時に　ここに座って　僕たち三人が　空想ごっこをしながら
降雪線が外の窓ガラスを　高く超えてしまうようにしておいても
さらにひどい状態にはならないという点は
あなた方には　否定できませんよ。あそこには
霜のなかにトンネルのようなものができているところがあって――
穴というより　トンネルによく似ていて――遙か遠く
ずっと離れたところにある　そのトンネルの端っこのあたりで　あなた方は
風に吹き飛ばされてきた吹き溜まりの　擦り切れた端のように

かすかな動きや震動を目にする。僕はそれが好きなんだ——それが好きなんです。
じゃあ、これでお暇《いとま》します、みなさん」
　　　　　　　　　　「だめよ、メザーヴさん、
私たち　あなたが出ていかないと決めるだろうと思ったのに——
居心地の良さや　今あなたがここにこうして居ることについて
あれこれと　褒めてくださったくらいですから。留まっていたいのですよね」
「はっきり申し上げると、このひどい降雪のおかげで寒いです。
この家は　あなた方が今座っているこの部屋を除けば
どこもが凍って　壊れやすくなっています。風がさらに遠く離れた所で
鳴っているとお考えなら、それは風が治まりかけているからではありません。
さらに深く雪に覆われてしまっているからです——それだけの話なのですが——
そして　風がほとんど感じられなくなってしまうというわけです。ほら　雪塵の
緩やかな炸裂音がしている、僕たちに対抗して　煙突の吐き出し口か庇の所で

風が　炸裂しているのです。僕は　屋外で風に晒されるよりも
屋内からその音を聴く方がずっと好きです。でも　馬たちも
休息が取れたことですし　そろそろお休みなさいの挨拶をして、
あなた方に再びベッドに戻っていただこうかと。お休みなさい、
睡眠中《おやすみ》にお邪魔しなければいけなくなったこと　申し訳ありませんでした」

「ついていたんです。運が良かったんですよ
立ち寄ることのできる　中途の駅として　あなたには私たちが
いたのですから。もしあなたが　女性に注意を払うような
男性《かた》であれば、私の助言を受け入れ
あなたのご家族のためにも　このままここに留まってくださるでしょう。
なのに　私が何度も何度もそう申し上げても　何の役にも立たないってわけですか？
あなたは　自分にはできると考える自分の権利を超えることを　なさって
いるのです――今や。あなたは自分が先を進んで行く危険を冒しているのを
自覚しているのですね」

「この吹雪は　概して
人の命を奪うものとは考えられないし、そして　僕は
吹雪と闘いながら身を晒し続けている人間よりも
むしろ　吹雪のもとで、扉を密封して外から見えなくしたまま、
睡眠をとる獣になる方が　ましだけれど、
しかし　巣のなかではなく　止まり木にとまった小鳥たちのことを
考えてみてください。僕がそんな小鳥たちよりも劣っていると思われるでしょうか？
今夜になれば　外では　水に濡れた彼らの身体も　たちまち
凍った岩になってしまうでしょう。それでも　朝になれば
彼らは　木々から木々へと移りながら　芽吹き始めた大枝のもとにやってきて
翼をパタパタ動かしながら　吹雪《あらし》という言葉であなた方が言おうとしていたことなど
まったくわからない　とでもいうかのように　コガラ*に語りかけるのです」
「でも、出て行って欲しいと思っている人など　誰一人いないのに、なぜ出て行くの？
あなたの奥様だって――あなたに出て行って欲しいとは思っていませんわ。私たちも、

それに　あなた自身も望んではいないんでしょう？　他にいったい誰がいるのかしら？」

「一人の女性によって　窮地に追い込まれないよう　僕たちを救ってください。
そうですね、たしか……」——のちに彼女はフレッドに向かって
じっとしたままその場で　自分は「神」というあの恐ろしい言葉が
口をついて出てくるだろうと思う　と語った。ところが、彼はただこう言うだけだった、
「そうですね、たしかに——吹雪《あらし》ですね。それが僕に進み続けなければいけないと
　告げているのです。
戦争が起きた場合に　戦争が必要とするかもしれないのと同じように　吹雪は僕を
　必要とするのです。
どなたにでも訊いてみてください」

　　　　　　　　　　　　　　　　　　　　彼は　その言葉を　何か
彼がドアの外に出ていくまで彼女に耐えるためのものとして　彼女に言い放った。
彼は　納屋までコールについてきてもらい　見送ってもらった。

母屋に戻ってきたとき　コールは妻が今なおテーブルのそばの、
例の開いた本の近くに立っていたが、
それを読んではいなかった。
　　　　　　　　　　「で、あなたは　あの人をいったい
どんな人間だと考えますか?」と彼女は訊ねた。
　　　　　　　　　　　　　　　　　　　　「彼は言葉の
才能の持ち主であるか、さもなくば　お喋り上手と言うべきなのかな?」
「あれほどまでにものの類似点を認知することに長けた人がいたでしょうか?」
「さもなくば　人々の礼儀正しい問いを無視することにかけては——
おや?　僕たちは　たった一時間で　彼について　何度も何度もこの道を
通り過ぎていく彼の姿を目にしながら得たよりも　さらに多くのことを

知るようになったんだね。彼にあんな説教のやり方をさせてはだめだ！
結局　君は彼のことを守ろうとは　思っていなかったんだろ。
いや、君を責めてるわけじゃないよ。彼は君にこの問題にあまり多く
口を出させなかったし、僕も　彼のいる一晩を経験しなくてよくなったのを
まったく同じように　喜んでいるんだからね。眠れなかったよ
もし彼が留まっていたら。ほんのちょっとしたことで　彼は行ってしまったんだ。
それは　自分がいなければ　空っぽの教会になってしまうということ」
「でも　このままにしておいて　私たち　どれだけ心穏やかでいられるでしょう？
彼の無事がわかるまで　ここでじっと座っていなければいけなくなるわ」
「そうだね、君のやりたいようにすればいいと思う、でも僕はやらない。
彼は自分に何ができるかくらいわかっている、でなければ　やっていないだろう。
さあ、ベッドに入って　少し休みなさい。
もう彼は戻ってこないし、電話がかかってくるとしても、

ここ一、二時間はかかってはこないだろうからね」
　「それじゃあ――
私たちは　何の助けもできずに　ここにじっと座って
彼が突き進んでいくのを　自分の体験として　彼と共に楽しむってわけなのね」

――――――


コールは　暗がりのなかで　電話をしていた。

コール夫人の声が　奥の部屋から聞こえてきた。

「奥さんからかかってきたの　それとも　あなたが彼女に電話したの？」

　「彼女からだよ。

服を着た方がいい。もうベッドに戻ることはないからね。

僕たちはずっと眠っていたに違いない。三時を過ぎてるから」

「彼女からの電話　長かったの？　肩掛けを持ってくるわ。

私も彼女と話したいの」

「彼女が言ったのは、
彼はまだ戻ってきていなくて、本当にここを出発したのかってことだけ」

「彼女　可哀そうに　彼が二時間前に出発したことを知ったのね」

「彼はシャベルを持ってた。だから、彼なら何とか対処するだろう」

「私どうして彼をこの家から出ていかせてしまったのかしら！」

「その話はよしなさい。君は　彼を守るために君なりに

最善を尽くしたんだ――もっとも　おそらく君は
君に逆らうだけの元気を彼に示して欲しいという気持ちを
まったく隠そうとはしなかったけれどね。彼の奥さんも君に大いに感謝するさ」
「フレッド、私がせっかく言ってあげたのに！　あなたには
とにかく　どうしようもなかったということが　わからないでしょうね。
どんな言葉遣いであれ　彼女は口に出さなかったかしら
私に感謝などしていないって？」

「僕が『出ていったよ』と話すと、
『それでは』と彼女は言って、さらに『それで』――まるでおどしのようだったが、
ついで　ゆっくりとこするような　その声が聞こえてきた。『ああ、あなたは
どうして彼を行かせてしまったの』って」

「なぜ彼を行かせたのかって訊かれました？

そっちに行かせて。彼が出ていくのを彼女が許した理由を　私の方から訊いてみるわ。
彼女　彼がここに居るときは　敢えて喋ろうとはしませんでした。
あの人たちの番号は――二一だったかしら？――どうもうまくいかないの。
誰かの所の受話器が外れているのよ。このクランク、引っかかって動きにくいわ。
本当に扱いにくいんだから、あなたの腕にだってどれほど負担をかけることでしょう！――
外れてるのは彼らの受話器だわ。彼女は手から受話器《それ》を落としたまま　出ていったのよ」

「試しに話しかけてごらん。『もしもし』って」

「もしもし。もしもし」

「何が聞こえる？」

「聞こえてくるのは　空っぽの部屋――

つまり――そんな風に聞こえるの。あっ、そうだ、聞こえるのは――

たぶん　時計の音だと思う——それに　ガタガタとなる窓の音。

足音はまったくしないけれどね。彼女がそこにいるとすれば、座っているのよ」

「大声で叫んでごらん、君の声が彼女に聞こえるかもしれない」

「そんなことしても無駄よ」

「じゃあ、呼び続けてごらん」

「もしもし。もしもし。もしもし——

こんなことはないでしょうね？　彼女なら外に出ていかないって？」

「それこそ　彼女ならやりかねないことじゃないかと　ちょっと心配なんだ」

「さらには　子どもたちを置き去りにするかもしれないって？」

「まあ　とにかくもう一度電話してごらん。
彼女が　ドアを大きく開けっぱなしにして
風がランプの灯を消してしまい　暖炉の火が消え　さらには
部屋が暗く寒くなっているかどうか　聞き取れないかい？」
「二つのうちどちらか一つね、床《とこ》に就いたか
外に出かけていったかのいずれかね」
「いずれにせよ　二人とも行方知れずってことだ。
彼女がどのような人か知ってるかい？　会ったことはある？
君と話したがらないなんて変だね」
「フレッド、私に聞こえるものが　あなたにも聞こえるかどうか　確かめてみて。さあ」

「時計かもしれないね」

「他に何か聞こえない？」

「話し声はないね」

「ええ」

「おや、いいや、聞こえるよ——何だろう？」

「何なの？」

「赤ん坊の泣き声だ！

狂ったような泣き声だ、はっきりとは聞こえない　離れたところからの声だけどね」

「母親がいれば　あのように泣かせたままにはしておかないだろう、 320

決して、彼女がそこにいればね」

「そこからどういう考えが浮かんでくる?」

「考えうることはただ一つ、

つまり、仮定してみること――彼女は出て行ってしまったのだとね。

もちろん　彼女はそんなことしていないのだろうけれど」二人はどうすることもできず

共に腰を下ろした。「朝まで僕たちにできることは何もないよ」 325

「フレッド、私なら　あなたが外に出ていくようなことを考えさせないわよ」

「そのまま切らないで」呼び鈴が二倍賑やかに鳴り始めた。

彼らは驚いて立ち上がった。フレッドが電話を取った。

「もしもし、メザーヴさん。じゃあ、そちらにおられるのですね——それに奥さんも？
よかった！　僕がお訊ねした理由は　奥さんが電話に出る気配がなかったからです——
彼の話では　奥さんは彼を納屋に留めておくために　出ていったそうだ。——
僕たちも嬉しいです。ああ、その話はもうなしにしましょう、メザーヴさん。
近くを通られるときは　また我が家にお立ち寄りください」
　　　　　　　　　　　　　　　　　　　　「さて、
これで彼女も彼を取り戻したわけだ、もっとも　彼女が何故彼を必要としているのか
僕にはわからないんだけれどね」
　　　　　　　　　　　　「おそらく　自分のためというわけではないでしょうね。
子どもたちのために　彼を必要としているだけなのかも」
「この大騒ぎのすべてが　まったくの無駄であったように思えるよ。
僕たちの夜を台無しにしたものが　彼にとってはただの楽しみであったというわけだ。

でも　どうして彼はやってきたんだろう？――お話と見物のため？
雪が降っていることを　僕たちに伝えるために　訪ねてみようと思ったんだよ。
仮に　彼が僕たちの家を町と何処ともわからないような所の中間にある
コーヒーハウスにしようと考えているのだとしたら――」

「私は　あなたが自分でも心配しすぎだったという気持ちになるだろうと　思ってました」

「君は　自分では心配などしていなかったと思ってるんだね」

「彼が　思慮分別のない人で
彼のために考えるように　真夜中に僕たちを叩き起こして　さらには
私たちの忠告を　取るに足りないものにすぎない　と見なしているというのなら
まあ、あなたに賛成するわ。でも、彼を許してあげようじゃありませんか。
私たちは　彼の人生のなかの一晩に関わりをもったのですから。
彼が　再び訪ねてくることに　あなたなら何を賭けます？」

木々の音《こえ》

僕は　木々のことが　不思議でならない。
どうして僕たちは　僕たちの住処《すみか》に
とても近いところで起きる
別の騒音よりも　むしろ　木々の騒《ざわ》めきを
永遠に我慢したいと　思うのだろうか？
僕たちは　日ごと　木々に耐えているうちに
やがて　生活のテンポのあらゆる指標や、
自分たちの喜びの永続性を失い、
かわって　聞き耳をたてる空気《かぜ》をえることになる。
木々は　いなくなることについて　語りはする
が　決して　立ち去りはせず、

成長して　より賢くなり　年を重ねていきながら
知識をえるために　これまでと変わりなく　お喋りをする存在《もの》であり、
今も　じっと留まるつもりでいる。
窓やドアの所から
木々が揺れるのを　見守っていると、
ときおり　僕の足は　床を　強く引っかき、
僕の頭は　肩の方に傾く。
僕は　どこかに向かって　旅立っていくだろう、
いつか　僕は　無謀な選択をするだろう
そのとき　木々は　しっかり声を出して
頭上に浮かんだ　白い雲を
おびやかすように　激しく　揺れ動くだろう。
僕は　話すことがさらに少なくなってしまうだろう、
ただ　そんな僕も　いずれはいなくなってしまうだろう。

【補遺】

締め出されて

——子どもに語りかけるように

夜になって　お家《うち》に鍵を掛けるとき、
いつも僕たちは　お花さんたちを　お外に締め出して
窓の明かりから　遮断《きりはな》していた。
ドアが　苦しめられ　袖口のボタンで
さっと触れられる夢を　僕は見た。
そのとき　お花さんたちは　お外で　泥棒さんたちと　いっしょにいた。
でも　誰一人　彼らに　意地悪をするものはいなかった。
僕たちは　足跡の上に　茎が踏みつけられた

一輪のノウゼンハレン*を　見つけた。
もしかすると　それは　僕のせいだったのかもしれない。
僕は　いつも思っていた　夕暮れどきに
腰をおろして　早くにお月様が沈んでいくのを　じっと見守りながら
僕がいっしょに遊んだのは　何かの花であったのかもしれないと。

ブルーバードの最後のことば
——子どもに語りかけるように

お外に出かけたとき　一羽のカラスが
低い声で話しかけてきた、「ああ、
あなたを探していたんですよ。
ご機嫌はいかが?
僕がやってきたのは　あなたの口から　レスリー*に次のことを

伝えるよう　ちゃんと言ってもらうためだったのです（やってもらえる？）、
実は　彼女《あなた》の小さなブルーバードが
僕に　言伝《ことづて》を伝えてほしがっているのです
昨夜　お星さまを　明るく輝かせ
桶に　氷を張らせた
北風のせいで
咳をしたはずみに　彼の尻尾の羽が
取れてしまった　とのこと。
彼は　ちょうど　飛び立たないといけなかったのにです！
ところが　彼は　彼女に　お別れを告げながら、
じゃあね　と言って
さらに　頭巾をかぶって
雪のなかの　スカンクの足跡を
斧を使って　捜したり——
あれこれやるように　と　言い残していったのです。

そうして　たぶん　春になったら
戻ってきて　お歌をうたってくれるでしょう」

注解

本詩集の原題 *Mountain Interval* に含まれる“Interval”は、時間や空間の概念の双方に関わる意味を持つ語だが、ザ・ライブラリー・オブ・アメリカの『ロバート・フロスト著作集』（*Robert Frost: Collected Poems*, Prose, & Plays. 1995）の注によれば、ニューイングランドでは“intervale”（川沿いまたは山と山の間の低地）と同義であると説明している。とすれば、*Mountain Interval* はさしずめ『山間の低地』もしくは『山間の地』ということになるだろうか。一方、ルーイス＆エッサー・マーティンズ（Louis and Esther Mertins）の編纂した『折々のロバート・フロスト』（*The Intervals of Robert Frost*. Russell & Russell, 1947）の目次を見ると、そこにはたとえば「サンフランシスコ時代」（San Francisco Interval）や「ローレンス時代」（Lawrence Interval）といった小見出しが列記されており、明らかに“period”（期間、時代）に置き換え可能な言葉として使用されていることがわかる。また、「献辞」にもこの言葉が四回使われているが、内容を考えると場所的な読みと時間的な読みを可能とするような曖昧性が潜んでいるように思えてならない。こうした点を念頭において、フロストの伝記作家で詩人でもあるジェイ・パリーニ（Jay Parini）氏は、意味の二重性すなわち両義性の存在を指摘している。以上の点を踏まえて、本詩集の邦題を考えてみたが、いざ日本語に移し換えようとすると、収まりの良い言葉がなかなか見つからない。二つの意味合いを同時に含めることを意図（期待）して、『山間の地での日々』という題を考えてはみたものの、しっくりとこない。そこで、思い切って原題に縛られずにいくつかの自前の候補をあげていき、そして考えあぐねた末に辿り着いたのが『山間の地に暮らして』という極々平凡なタイトルであった。「山間の地」には場所的、空間的なニュアンスを託し、「暮らして」の部分には日々の生活の時間の推移や変化を感じていただきたいとの願いを込めてみた。なお、「献辞」の部分は、『ロバート・フロスト百科』(N. L. Tuten & J. Zubizarreta [eds.], *The Robert Frost Encyclopedia*. 2001) を参考にして、時代（their time, period）に統一しておいた。

この詩集タイトルにある「山間の地」とは、渡英前のデリーの農場や帰国後のフランコニアの農場を含め、山や丘陵地の多いニューハンプシャー州の地勢の総合的イメージを表現したものではないかと思われる。余談になるが、フランコニアの農場は、フロスト一家が、英国から帰国後、ニューハンプシャー州ベスレヘム在住の友人ジョン・リンチの仲介で買い求めたもので、ベスレヘム近郊のフランコニア村南方の山林のなかにあった。リンカン山、ラファイエット山、リバティ山などホワイト山脈の一角を東方に眺望できる地。前所有者はウィリアム・

ハーバート。このときのエピソードが、第四詩集収録の巻頭詩「ニューハンプシャー」で面白おかしく描かれている（一四九―五八行目）。現在、この農場は「フロスト・プレイス」としてダートマス・カレッジによって管理されており、毎夏、全米各地からフロスト詩の愛好家や研究者、作家たちがここに集まって、敷地内にある納屋で朗読会や講演会をおこなっている。

◉「献辞」

＊サウス・ブランチでの時代　フランコニア農場時代（一九一五～二〇年）のこと。

＊プリマスの北部地域で過ごした別の時代　渡英前にニューハンプシャー州中部のプリマスにあるプリマス師範学校で教員として過ごした時代（一九一一～一二年）のこと。

＊懐かしの農場　デリー農場（一九〇〇～〇九年）のこと。

＊安く売ってくれた人物　この農場は旧所有者の名前にちなんで代々（？）「マグーン屋敷」と呼ばれていたようだが、当時の前所有者がマグーンという名前の人物であったかどうかは不明。この規模の小さな農場（三〇エーカー、家屋付き）でも当時の相場では二千ドル以下のものはほとんどなかったようだが、フロストはそれを一七二五ドル（納屋に保管してあった干し草代金二五ドル込み）で購入することになった。

＊「我が家の小川」　ニューハンプシャー州南東部にあるデリー農場内東側の林のなかを流れるハイラ川のこと。

＊君　フロストの妻エリノアを指す。

◉**「行かなかった道」**（"The Road Not Taken"）

初出は一九一五年八月の『アトランティック・マンスリー』（*The Atlantic Monthly*）誌。本詩集の巻頭を飾るプロローグとなっており、巻末のエピローグ「木々の音《こえ》」と共に、単行版では斜字体で記されている（本書ではフォントを他の詩とは異なる太字を使用した）。

かつて詩人ロバート・ピンスキーが、一年かけて五歳から九七歳までの老若男女一八〇〇〇人以上を対象に、好きな詩人に関するアンケート調査を実施したところ、フロストがトップに選ばれた。そして、彼らがもっとも好きなフロスト詩として挙げたのが、この「行かなかった道」と「雪の夕べ森辺に佇んで」（第四詩集『ニューハンプシャー』所収）であった。

一見すると、ここに描かれた風景のなかには、人生の岐路に立った際に誰しもが経験するような道の選択というごく一般的な問題が比喩的に描かれていると見るのが自然な読みなのかもしれないが、実はそれほど単純な二者択一の話ではない。いずれの道を選んだにせよ、それは語り手にとって初めて通る道であることに変わりはない。その意味ではどちらの道も優劣の序列がつけられるものではない。なぜなら、それぞれの道の様子を、ある程度見通しがよくて、同じくらい人に踏みならされてはいないとする奇妙な風景が、語り手の判断に偶然の必然とも思えるような不可知な力が働くことを予示する表現として用意されているように思えてならないからだ。また、「ため息まじりに語るだろう」と告げる語り手の最後の思いには、後悔や失望、あるいは平穏や安心といったネガティブ、ポジティブの二極化した物差しなどが入り込む余地のない選択の覚悟、ないしはL・トンプソンのいう「神の御前にて従順たるべし」と説くピューリタン信仰の受容の姿勢といったものが潜んでいるのかもしれない。

また、この作品の創作の背景の問題として、フロストが英国時代に親交を結んだ一人の人物との関係を紹介しておく。一時はフロストの誘いに応じて渡米を考えたこともあったが、同朋たちが祖国のために戦地に赴いていくなか、自らの進むべき道に思い悩みながら、最終的に戦場に向かうことを決意し、フランス戦線で戦火に散った、畏友エドワード・トマス（Edward Thomas）を意識して書かれた作品ともいわれる。英国時代にフロストは、水仙が咲き誇る散歩道を散策しながらトマスとの対話を楽しんでいた。この作品の紅葉の森を連想させる秋日風景には、実は英国で目にした春先の水仙の黄色のイメージが重ね合わされているのではないかとする見方もある（V・F・スミス）。

◉「**クリスマスツリー**」（"Christmas Trees"）

一九一五年に、クリスマスのメッセージとして送られた作品とされているが、活字となって初登場するのは本詩集においてである。

冷徹な市場すなわち商業主義の代弁者たるよそ者と、功利的な経済活動から一定の距離を置いているかのように見える農夫は、フロスト詩に特徴的な都市と田園の価値観の対称性を示す表象となっている。

〈58～60行目〉E・サージャントの記録によれば、一九一五年にフロストと子どもたちは長女レスリーのスケッチと一緒にこの詩のオリジナル版を友人たちに送ったようである。

◉「ある老人の冬の夕べ」（"An Old Man's Winter Night"）

デリー農場時代の一九〇六～〇七頃に草稿が書かれたようだが、初出は本詩集。

フロスト詩を代表する作品の一つで、詩人自身もこの詩集のなかでもっとも優れた作品と考えていた。雪深いニューイングランド、老人、夜、孤独、死などを淡々と観察する詩人の眼を通じて、人間の生きることとの本質的な意味を考えさせられる味わい深い作品といってよいだろう。

◉「残雪」（"A Patch of Old Snow"）

初出は本詩集。

フロストが英国に滞在していた一九一四年に書かれた作品とされる。ピンカートン・アカデミーでの教え子の一人、ジョン・バートレットに宛てた長い手紙（一九一四年二月二二日）のなかで、フロストはこの詩を例示しながら「文音」（**sentence sound**）に関する自説を開陳している。語と語を効果的に繋いでいく際に生じる文レベルの音の効果といってよいかもしれない。パウンドの、イマジズム的技法を模したようなところが感じられる。

〈3行目〉二連目の「活字」や「記事」という用語の関連から、当然新聞紙をも連想させるが、第一連の時点ではまだ正体の知れない「紙」くらいの認識に留めておくべきだろう。

◉**「最終盤を迎えて」**（"In the Home Stretch"）

初出は一九一六年七月の『センチュリー』（*The Century*）誌上。

この詩のタイトルは、町から片田舎に引っ越してきた老夫婦がこれから迎える晩年の生活を、いささか自虐的に表したものとなっている。そこには、特に妻の感じる過去の生活への拘り、現在への不満、未来への不安が錯綜している。夫婦の新居（バーゲン価格で購入）に荷物を運びこむ業者と、戸惑いを感じている妻、そんな妻の不安を察知しながら会話を交わす夫の姿が、それぞれの会話を通じて巧みに描かれていく。都会から離れた寒村という舞台設定、家のなかの台所や窓および窓外の風景が表象する意味を考えていくと、フロスト詩に共通する女性の置かれた立場の問題が浮かんでくる。「狂乱の二〇年代」手前のまだまだ保守的な価値観が支配的であった時代の、特にニューイングランド地方社会の空気感が伝わってくる作品といってよいだろう。家族の団欒の場であるはずの台所が、女性を束縛する空間となっているのである。第二詩集『ボストンの北』で描かれた世界と重なり合っていることがわかる。フロスト詩に登場する女性の多くは、たとえば「召使たちの召使」（"A Servant to Servants"）の家事労働に明け暮れる主婦の場合のように、そうした風潮に対して、鬱屈した感情や狂気を内に秘めつつ、ささやかな抵抗を示す存在として描かれることが少なくない。

〈120行目〉「十歩ゲーム」「だるまさんがころんだ」ゲームのようなもので、欧米では "Red Light, Green Light" Game としても知られている遊戯。

◉ **「電話」**("The Telephone")

初出は一九一六年一〇月九日の『インデペンデント』(*The Independent*) 誌上。一九一〇年以前のデリー農場時代に書かれたと推定されている。

ニューハンプシャー州の歴史的文化財として保存管理されているデリー農場内の母屋の台所の壁には、ストロムバーグ＝カールソン社製の木製電話機一九〇七年モデルが設置されていた。現在敷設されているものはそのレプリカ。音質が余り良くなく、別名「農夫の電話機」("The Farmer's Telephone") とも呼ばれていた。

ここで交わされる男女の対話は、道端の草地か何処かに咲いている「一輪の花」を通じて男性(夫)が女性(妻)と心を通わせようとする際の、もどかしい駆け引きになっている。したがって、夫が耳を押し当てる野辺の「一輪の花」と妻のいる家の窓辺の花は、まさに愛の象徴たる「電話」(通心) として機能していることがわかる。

◉ **「出会いとすれ違い」**("Meeting and Passing")

初出は本詩集。

このソネットで描かれているエピソードは、オシピー山の近くの隣人同士であった一八九五年当時の詩人と将来妻となるエリノアとの出会いやすれ違いを描いたものとなっている。因みに、一八九六年に書かれた未発表の「夏の庭」

（"Summer Garden"）という作品があるが、そこには自分の愛を受け入れてくれるものを乞い求めるかのような詩人の心情が切なく歌われている。

◉**「ハイラ川」**（"Hyla Brook"）

初出は本詩集。

デリー農場内の林のなかを流れるこの小川は、「夏になるといつも干上がる」とフロストは知人のジョン・ヘインズに語ったことがあった。夏には地下に潜って人目につかなくなるこのような川の姿や周囲の情景を通じて、詩人は移ろう自然からの言伝を折々に聞き取っているのだろうか。とすれば、それは自然をあるがままに受け入れながら、「死」と「再生」の神話を創造していく詩人の営みといってよいかもしれない。

〈6行目〉hyla は a tree frog, a (spring) peeper ともいう。金切声を上げて鳴くアマガエルの一種。

◉**「カマドムシクイ」**（"The Oven Bird"）

初出は本詩集。

カマドムシクイは北米に広く棲息する体長一五cmほどの鳥で、腹部は白黒の縦縞、背と羽は薄褐色。鳴き声はクレッシェンドで teacher, teacher, teacher と聞こえる。伝統的なソネット形式で書かれたこの作品は、夏鳥であるカマドムシクイが、自然の摂理を伝えるメッセンジャーの役割を果たしているかのようだ。

〈10行目〉「街道の土埃」とは、すべての人間が受け入れなければならない死の運命を暗示している。「汝はちりなればちりに帰るべし」（創世記第三章一九節）を連想させる一節。

◉「**束縛と自由**」（"Bond and Free"）

初出は本詩集。

天体に強い興味を持っていたフロストの広大無辺な想像力の一端を垣間見ることができる詩の一つ。この詩の後に置かれた「樺の木」においても、天（愛・感情・芸術）と地（思考・理性・知性）の関係を寓意的に描いている。

〈12行目〉「シリウスの円環」　フロストが愛読していたプロクターの『無限のなかにおける我々の位置』（*Our Place Among Infinities*, 1875）によれば、シリウスの直径が実際より大きく見えるのは、「雲状の帯」と定義されているこの円環によっているとのこと。

〈13～15行目〉「思考」の飛翔イメージは、父親ダイダロスの忠告を忘れ、空高く舞い上がって太陽に近づきすぎたために蝋の翼が溶け落ちてしまい、海に墜落して亡くなったギリシア神話上の人物イカロスのエピソードが下敷きになっている。

◉「**樺の木**」（"Birches"）

初出は一九一五年八月の『アトランティック・マンスリー』誌上。

後掲の【**解説にかえて**】を参照。

◉「**エンドウ豆の茂み**」（"Pea Brush"）

初出は一九一四年七月にフロスト家の子どもたちが編集したタイプ打ちの手造り雑誌『花束』（*The Bouquet*）に「エンドウの支柱」（"Pea-Sticks"）として登場。同年一二月の『詩歌と演劇』（*Poetry and Drama*）誌に「エンドウ豆の茂み」として掲載。

エンドウ豆の支柱に使う樺の木の不要な枝を集めに山道を進んで行く語り手の周りには、樺の木の切り株の樹脂の蒸せるような匂いが漂い、人間の進入を警戒する蛙の鳴き声が響いている。人為的に残された樹林のなかの樺の木の大枝、その下敷になっているエンレイソウ（野生の植物）、支柱がないと自立できないエンドウ豆。この構図から浮かび上がってくるのは、再生力を秘めた自然の営みと人間の営み（人工的なもの）との相補的な関係に対する詩人の視線や立ち位置の認識ということになるだろうか。

〈22行目〉「エンレイソウ」　ユリ科の多年草で山地に自生する。太い根茎から二〇cmほどの円柱状の茎を出し、先端に広卵円形の大きな葉が輪生する。その中心に、白や緑や紫の三弁の花をつける。

◉「**種まき**」（"Putting in the Seed"）

初出は一九一四年一二月の『詩歌と演劇』誌上。

一見すると、この作品は三つの四行詩と一つの二行詩から構成されているように見えるが（後年の版では一二行＋二行構成）、全体としては一四行のソネット形式になっている。脚韻構成

（abab abab cdcd ee）は、ペトラルカ風（abbaabba cdccdc / cdecde）とシェイクスピア風（ababcdcd efefgg）の韻を併せたような形になっている。ソネットに相応しい愛をテーマにした内容だが、ここではフィジカルな愛をも包含していることが「種まき」というタイトルからじゅうぶん窺える。初期のフロスト詩には、こうしたセクシャリティを表象するイメージを扱ったものが少なくない。

◉「おしゃべりの時間」（"A Time to Talk"）

初出は一九一六年一二月の『プロスペクト』（*The Prospect* ニューハンプシャー州のプリマス師範学校の機関誌）誌上。

耕作に精を出す語り手と、馬に乗ってたまたま通りがかった友人との遣り取りの場面を切り取っただけの、ニューイングランドの長閑《のどか》な田園風景が浮かび上がってくるかもしれないが、ここにはやるべき仕事を抱えた語り手と、そのことを余り忖度しない友人との間の微妙な感情のすれ違いが同時に描かれていると見た方が良いかもしれない。

◉「林檎の収穫期の牛」（"The Cow in Apple Time"）

この作品は英国滞在時代（一九一二～一五年）に書かれたもので、初出は一九一四年一二月の『詩歌と演劇』誌上。

一頭の雌牛が果樹園に足を踏み入れ、そこで果実の美味しさを覚えてしまったため、牧草ではなく、風か何かで落ちて切り株に刺さった林檎の実をお目当てに忍び込んでくるようになったというこのエピソードには、戦火に荒廃していくヨーロッパ世界を意識して、そこに崩れゆくエデンの世界を戯画化しようとする狙いが詩人のなかにあるのかもしれない。負のエデン・モチーフとして、「根元まで枯れかけている牧草（再生不能）」、「切り株に刺さったり／虫に食われたりしている　落ちた実（腐敗・堕落）」、「萎びてしまって　ミルクも出なくなっている（不妊・不毛）」雌牛の乳房等々、ここには実は「荒れ地」と化していく不毛な世界が、食欲＝欲望に駆られた雌牛のどことなく滑稽な行動を通じて提示されているように思えてならない。

◉**「遭遇」**（"An Encounter"）

初出は一九一六年一一月の『アトランティック・マンスリー』誌上。

一見、語り手によるたわいもない一人語りに近い話に思えるが、開発の手が伸びつつある「ヒマラヤ杉の湿原」を進んでいくうちに彼は「蘇った」かに見える「樹皮のない幽霊」の木と巡り会う。その木の「両肩の上部」には「黄色い針金のより糸の束」が巻き付けられている。どうやら人間が切り倒してここまで運んできたものらしい。その木に向かって語り手は、まるで人間を相手にしているように幾つかの質問をする。このように、この作品では、自然を浸食する技術文明の問題に焦点が当てられていると見て良いだろう。

〈24行目〉ホテイラン（布袋欄）　北半球に自生するホテイラン属の総称。大きな唇弁があり、桃色・紫・黄色の混じった美しい花をつける。

フロストは植物採集に強い興味を持っていた。

◉**「距離測定」**（"Range-Finding"）

初出は本詩集。元々このソネットのタイトルは「戦う小さなものたち」（"The Little Things of War"）となっていた。

自然界におけるすべての生き物の生存競争のような場面が描かれているが、一二行目の「弾丸」が暗示しているように、ここには戦争（ないしは狩猟）につながるイメージが同時にさりげなく提示されていることがわかる。因みに、フランス戦線で塹壕のなかからエドワード・トマスはフロストに宛てた手紙で、この詩が「戦場の無人地帯についての驚くほど正確な描写」になっていると評して、これを発表するよう促したことがわかっている。ただし、この作品が書かれたのはデリー農場時代の一九〇二年頃と推定されている。タイトルの「距離測定」は銃の距離測定器に関連した軍事用語。

◉**「山地の妻」**（"The Hill Wife"）

以下の五篇のうちの四篇が連作として初めて登場するのは一九一六年四月の『イエール・レヴュー』（*The Yale Review*）誌上。残りの一篇に当たる三番目の「微笑み」は一九一四年一二月の『詩歌と演劇』誌に副題の無い形で発表された。

この五つの連作は、農場で暮らす子どものいない夫婦の物語になっている。詩の繰り返しのモチーフ（鳥や投獄と脱出のイメージ）は妻の失踪を予示してはいるものの、その理由は説明されていない。

Ⅰ　孤独――彼女の言葉《はなし》（"Loneliness―Her Word"）

副題が示している通り、子どもに恵まれず孤独に心を苛まれている妻の語りのセクションとなっている。この地を訪れる鳥たちの姿は、自由に行動できずにいるこの女性の姿とは対称的。自分たち夫婦の存在の脆弱性、孤立性を吐露する後半部の妻の語りには、自虐と諦念が複雑に絡み合った心理状況が反映しているのかもしれない。

Ⅱ　家の恐怖（"House Fear"）

Ⅰの妻の語りに応じる夫の語りのセクション。夫の言う「彼ら」とは、妻の語りを受けての「鳥たち」なのか、あるいはタイトルの「家の恐怖」が暗示しているかもしれない、この家に取り憑いている何か不気味な存在（亡霊、魔もの、死）を表しているのかどうか、かなり曖昧になっている。

Ⅲ　微笑み――彼女の言葉《はなし》（"The Smile―Her Word"）

Ⅰに続いて、再び妻の語りのセクション。単数形で登場する「彼」（＝鳥）は、さらに特定化された存在として、彼女を慰めてくれるどころか、パンくずしかくれない自分たちを貧しい者だと見下す意地悪な来訪者へと変化していることがわかる。もちろん、この変化は鳥そのものに帰属するものではなく、心病みつつある妻の内部の脅迫観念の作りだした妄想ということになるだろう。

Ⅳ　しばしば繰り返される夢
（"The Oft-Repeated Dream"）

先の三つのセクションとは異なり、ここでは第三者の語りとなっている。「しばしば繰り返される夢」とは、揺れ騒ぐ外の松の木が、部屋のなかに入り込もうとする鳥に姿を変え、「神秘のガラス」である窓ガラスを引っ掻きながら、彼女に迫ってくる、そんな恐怖を呼び起こす悪夢だといえる。最初の二つのセクションでは、鳥は自らの意志で飛び去っていくものとして提示されていたが、この四番目のセクションでは、外の世界との境界線である窓を挟んで、鳥は部屋のなかの世界（＝彼女の孤独な心）に押し入ろうとする不安な存在に変わっている。特にこのセクションは、『西に流れる川』（*West-Running Brook*, 1928）に収録された「僕の窓辺の木」（"Tree at My Window"）で語り手が窓の外で揺れ動いている木に呼びかける場面を連想させる。

窓辺に見える木よ　窓の木よ、
夜ともなれば　この上げ下げ窓も降され
　てしまう。
でも　おまえと僕の間には　決して
カーテンだけは　ひかずにおこう。

大地から頭をもたげてくる　おぼろな夢、
雲に次いで　もっとも拡散しやすいもの、
声をはり上げて語りかけてくるおまえの
軽佻な言葉には　いつも深淵な意味が
　含まれているとはかぎらない。

だが　木よ　僕は　お前が風を受けて

揺れ騒ぐ姿を目にしてきたのだ、
そして　もしお前が僕の寝姿を見たことがあるなら、
何かに取り憑かれているかのようにうなされ
死にそうになっている　僕の姿も　見たことがあるだろう。

運命の女神が　僕たちの頭を一つに合わせたあの日、
女神は　自分なりの空想を　持ちあわせていたのだ、
あのときお前の頭は　もっぱら外の天気に強い関心を寄せていて、
かたや　僕の方は　内なる天気に心引かれていたのだ。

V 衝撃（"The Impulse"）

この最後のセクションも第三者の語りとなっている。ここでは、鳥のイメージが妻に適用され、失踪した彼女は恐らく最初のセクションの鳥たちと同じくらい自由で、人間の関心事から解放されたのである。束縛から解き放たれた彼女は、夫よりも先に「墓の他にも／最終的なものがあることを　学んだ」のであろう。

〈13行目〉「クロミモチノキ」　北米東部および中西部産のモミノキの一種で、秋に赤い実をつける。元はヨーロッパから植民者たちが持ち込んできたもので、現在ではヴァーモントやニューハンプシャーではあまり見られなくなった。

◉「**たき火**」（"The Bonfire"）

初出は一九一六年一一月の『セブン・アーツ』（*The Seven Arts*）誌上。

なお、同年ハーバード大学で開催された優等学生友愛会創設記念日の夕食会において、フロストは二篇の詩を朗読したが、その一つが「たき火」で、もう一つがのちに『ニューハンプシャー』に収められることになる「斧の柄」（"The Ax-Helve"）であった。

この詩は、一九〇五年の春にデリー農場で起きた小火《ぼや》騒ぎが元になっていると考えられる。ある日フロストと子どもたちが焚火をしていたとき、火が燃え広がって、もう少しで家が火事になるところであったが、フロストの勇敢な行動によって難を逃れた。

思いがけない小火によって引き起こされた騒動は、当時ヨーロッパで繰り広げられていた大戦で人々が経験していた混乱状況を詩人に連想させたのかもしれない。因みに、マーティンズによれば、フロストはこの詩を「似非戦争詩」の一つと見なしていたようだが（『折々のロバート・フロスト』三三頁）、その一方で一九一七年一〇月二二日付けのエイミー・ローウェル（Amy Lowell）宛ての手紙のなかで彼はそれが「今遙か彼方の地で起こっていることについてよりも、ニューイングランドについてより多く語ったものだ」とも主張している。フロスト自身によるこの二つの意味深長な発言は相反する内容となっているわけだが、目の前で積み上げた柴の山（火山とも表現されている）が、制御不能になるほど大きな火となるのを目の当たりにして、フロストが大西洋の彼方で繰り広げられていた第一次世界大戦（一九一四～一八年）の戦火をイメージしたとしても不思議はないだろう。特に、自らこの作品を「似非戦争詩」と呼んだのには、現在進行形で続いていたこの世界的な大戦争を対岸の火事として、部外者の目で見つめているかのような自分への戒めの気持ちがあったからなのかもしれない。フロスト一家が英国から帰国したのは一九一五年二月二二日のことであった。経済的な問題と戦況悪化が主たる理由であった。

◉**「ある少女の菜園」**（"A Girl's Garden"）

初出は本詩集。

元々農家に生まれた少女が、父親から小さな菜園を与えられ、試行錯誤しながら作物の栽培を通じて、農村社会での生き方を学び、やがて町に移って一人の自立した女性として成長していく物語展開となっているが、このストーリーには、農場生活を送りながら、必ずしも熱心な農業従事者になれず、デリー村での教師生活に移行していったフロスト自身の姿が反映しているのかもしれない。

〈1行目〉「村の僕の隣人」　ニューハンプシャー州レイモンド（デリー農場から北東三マイル少しの所にある町）出身の友人のことを指しているらしいが、具体的な名前は不詳。

◉**「晒された巣」**（"The Exposed Nest"）

初出は本詩集。

一九一五年頃に書かれたものと推定されている。デリー農場初期の頃、偶然子どもたちが見つけた鳥の巣を巡るエピソードが元になっている。

人間と自然との関係に問題提起を投げかけるフロストらしい作品。鳥の巣を覆っていた遮蔽物が取り払われ、危険に晒されることになったひな鳥を外敵から守ろうと、再び遮蔽物を元に戻すという善意の行為を通じて、詩人は人間が自然の営為に、果たしてどこまで関与してよいかを提示しようとしている。

◉「『消えろ、消えろ――』」（"Out, Out—"）

初出は一九一六年七月の『マクルーアズ・マガジン』（*McClure's Magazine*）誌上。

フロスト詩を代表する作品の一つ。タイトルの"Out, Out—"は、シェイクスピアの『マクベス』第五幕五場二五節から取られたもの。王妃の死を告げる部下のシートンからの報告を前に、人間の命の儚さを蝋燭の灯火のイメージに譬えながら、諦めと嘆きと自虐が複雑に入り混じる感情に憑かれたマクベス王の独白的な台詞（"Out, out, brief candle!"）が下敷きになっている。

一方、この詩のエピソードは、一九一〇年にニューハンプシャー州ベスレヘムのある農場で実際に起こった事故が元になっている。被害者はレイモンド・フィッツジェラルド（Raymond Fitzgerald）という当時一六歳の少年だった。フロスト一家が夏に友人宅を訪問中、農家の玄関先でストーブ用の薪を電動ノコギリで切っていたときに悲劇が起こった。事故から六年後にこの悲劇的な事故を扱った作品が発表されたが、フロストは公の場でそれを朗読することを拒んだといわれている。

◉「ブラウンの下降、すなわち行き当たりばったりの滑降」（"Brown's Descent or the Willy-Nilly Slide"）

初出は本詩集。

フロストは本詩集出版に先立って、一九一六年一月にアボット・アカデミーで「ブラウンと木枯らしの物語」（"The Story of Brown and the Winter Wind"）という作品を朗読したが、後にそれを「ブラウンの下降、すなわち行き当たりばったりの滑降」に改題した。なお、この詩のタイトルは、実際に「下降」を経験した人物ではなく、フロストの友人のジョージ・H・ブラウンを記念したものとなっている。

　ブラウンの態度には、克己的な決定論や見事なユーモアが見られるが、それらはフロストの詩に登場する東部人に不可欠な気質を形作るものとなっている。

〈6行目〉「いくつもの地所や　垣や　あらゆるものを乗り越えて」この一節は、ブラウンがフロストに語った実際の事件についての話に基づいている。

◉「樹脂《ゴム》採集人」（"The Gum-Gatherer"）

初出は一九一六年一〇月九日の『インデペンデント』誌上。

　タイトルおよび人間社会から距離をおいて自然のなかで暮らしている樹脂採集人の姿は、ワーズワースの「決意と独立」（"Resolution and Independence"）に登場する「蛭採集人」（leech-gatherer）を連想させるが、ワーズワースの決然とした蛭採集人とはやや異なり、樹脂採集人は人目につかない「山間部のどこか」で人との接触を避けるようにして、自然の恵みである樹脂を集め、それを「カットしていない宝石のような／良い香りのする物質《もの》の塊」にして市場に出すことで生計を立てているわけであろうが、語り手はそんな彼に表象される一見半隠遁者のような現実逃避型の生活様式を、決して否定的に見たりはしない。ここに描かれた樹脂採集人の生き方は、自然と社会の共生関係を意識した詩人の基本姿勢を暗示する比喩ないしは寓意として解釈することも可能であるからだ。

◉**「通信配線工」**（"The Line-Gang"）

初出は本詩集。

電信技術の発明とその普及といえば、西部開拓時代の西進運動に勢いを得て、大陸横断鉄道と共に沿線に電柱が立てられ、電線が張りめぐらされていく光景を思い浮かべる方も少なくはないかもしれない。ここでは、英国から戻ったフロストが住居としたフランコニア農場の寒冷辺鄙な土地にも、次第に現代の先端技術が浸食しつつあった様子を西部開拓者のイメージに準えて比喩的に歌った作品となっている。因みに、一九一六年二月一一日に取材のためにフロストの住むフランコニア農場を訪れた『ボストン・ポスト』紙の二人の記者は、後日「フランコニア訪問」という記事で「この村は全世界から忘れられている」と揶揄するような発言をおこなった。直ぐに家のなかに入れてもらえず、外の極寒のなかで待たされことへの意趣晴らしだったのかもしれない。

● **「消えゆく北米先住民《アメリカインディアン》」**（"The Vanishing Red"）

初出は一九一六年七月の『クラフツマン』（*The Craftsman*）誌上。トンプソンは、この作品を一九一五年ないしは一九一六年にニューハンプシャー州フランコニアのフロストの農場で書かれたものと推定している。

作品の舞台は一九世紀の変わり目に設定されている。元々カナダのアクトンの最後のインディアン、すなわち先住民のジョンの幽霊物語を下敷きにして、ポー風のゴシック調の物語詩として書かれている。ジョンは、不気味な笑い方をする白人のミラーなる人物に殺害されるが、その場面を詩人は淡々と描いている。言うまでもなく、ここには文明と未開の価値観の衝突ないしは対立が意識されているが、特に先住民が築いてきた自然との共生社会が近代文明の進歩の犠牲になってきた現実を詩人はあえてニュートラルに捉えているように見える。

〈1行目〉アクトン　マサチューセッツ州北東部の市。

〈19行目〉ホイール・ピット　水力などで水車が動くように設えられた粉ひき小屋や製材所などの掘り込み部分。

● **「雪」**（"Snow"）

初出は一九一六年一一月の『ポエットリ』誌上。

この長篇の劇的対話詩は、デリー農場時代にフロストとエリノアが経験した出来事に基づいている。降雪が懸念される冬のある曇った日に、借金のことでローレンスの町に出かけていったフロストは、家族の心配をよそに、吹雪のなかを帰路につく。以降は、作品を通じて緊迫した当時の模様をかなりリアルに思い描くことができる。ただし、この劇的対話詩には、外の嵐の厳しさとフレッドとヘレンのコール夫妻の抗議にもかかわらず、吹雪を押して危険な旅を続けると主張するメザーヴの頑固さといった、両者の対立を描くことに重点が置かれているわけではない。吹雪＝自然に立ち向かうかに見えるメザーヴの無謀とも思える行動には、むしろ自然に身を託してその懐のなかに飛び込んでいく生き物の本能の力が暗示されているのかもしれない。だとすれば、その対極にあるコール夫妻は人間社会の秩序を表象する役割を担わされているということになるだろう。フロストの創り出す物語詩の世界には、第二詩集『ボストンの北』でも示されている通り、この種の寓意的な構造を持つものが少なくない。

〈5行目〉「メザーヴ」（Meserve）　農夫兼牧師の Meserve の名前は、serve + me（自分自身に仕える）をもじった言葉遊びにもなっている。

〈15行目〉「三回　呼び鈴を鳴らして」　当時の電話は、多くが共有回線（a party line）システムになっており、それぞれの家庭の電話機には、受信側の呼び鈴を鳴らすための手回しレバー（クランク）が付いていて、それぞれに目安となる回転数が指定されていた。受話器を取るかどうかは呼び鈴の回数によって判断できた。

〈232行目〉「コガラ」　北米の東北部・南部・中西部に広く棲息するシジュウカラ科の小鳥で、

甲高い声で鳴く。寒さに強いことで知られている。

◉「木々の音《こえ》」（"The Sound of the Trees"）

初出は一九一四年一二月の『詩歌と演劇』誌上。さらに、翌一九一五年には『アトランティック・マンスリー』誌八月号にも掲載された。ただし、これらの雑誌掲載時のタイトルには、Trees の前に定冠詞 the が付されておらず、当初は特定の樹木を意識したものではなく、樹木一般を表す形を取っていたことがわかる。これは、場所や地域の特殊性や個別性を重視するようになったフロストが、詩集に収めるに当たって意図的に変更したものと考えてよいだろう。なお、この作品は本詩集収録に際し、エピローグとして斜字体で記されていた。一九三〇年の『フロスト詩集』（*Collected Poems of Robert Frost*）以降は、同じ字体に統一された。

フロスト詩にあって、樹木は自然と人間を繋ぐ媒体のような働きを担っているようだ。それを見る詩人の心に、特に不安や恐怖などの負の感情を呼び起こすことがあった。まさにそれは詩人の心的状況を写し出す鏡といってよいだろう。

【補遺】

次の二作品は、一九一六年の初版（単行版）や二一年、二四年の再販にも収録されていない。したがって、本詩集は当初二八篇の作品から成る詩集であった。この二作品が収録されるのは一九三〇年の『フロスト詩集』においてである。

◉「締め出されて——子どもに語りかけるように」（"Locked Out—As told to a child"）

初出は、フロスト家の子どもたちが制作したタイプ打ちの雑誌『花束』（*The Bouquet* 一九一四年九月）誌上。その後、一九一七年二月の『フォージ』（*The Forge*）誌に掲載され、一九三〇年の『フロスト詩集』内の『山間の地に暮らして』に追加された。フロストの「恐怖の物語詩」の一つとする見方もある（エド・インゲブレッセン）。

〈9行目〉「ノウゼンハレン」　キンレン属の黄色や朱色の花を咲かせるポピュラーな園芸植物の総称で、種類は八〇ほどある。南米（ペルー）原産。

◉「ブルーバードの最後のことば——子どもに語りかけるように」（"The Last Word of a Bluebird—As told to a child"）

一九三〇年の『フロスト詩集』内の『山間の地に暮らして』に初めて追加された。

デリー農場時代に、幼いレスリーが鳥たちとまるで人間と会話を交わしているかのような光景を、じっと観察しているフロストの姿が偲ばれる作品。

〈5行目〉「レスリー」　フロストの長女（一八九九年四月二八日生まれ）。

【解説にかえて】

夢と現実の狭間で

――「樺の木」を読む――

I

There was never a sound beside the wood but one,
And that was my long scythe whispering to the ground.
What was it it whispered? I knew not well myself;
Perhaps it was something about the heat of the sun,
Something, perhaps, about the lack of sound--

And that was why it whispered and did not speak.
It was no dream of the gift of idle hours,
Or easy gold at the hand of fay or elf;
Anything more than the truth would have seemed too weak
To the earnest love that laid the swale in rows,
Not without feeble-pointed spikes of flowers
(Pale orchises), and scared a bright green snake.
The fact is the sweetest dream that labor knows.
My long scythe whispered and left the hay to make.

森のあたりでは　ただ一つの音だけが　響いていた
それは　大地に向かって　囁きかける　僕の長い大鎌だった
いったい　それはなにを　囁いたのだろう　僕にもよくはわからなかったけれど
おそらく　それは　なにか　太陽の熱とか
おそらく　あたりの静寂に関することか　なにかで　あったのだろう——

だから　それは　ただ囁くだけで　話そうとは　しなかった
それは　無為な時のもたらす　贈りものの　夢とか
あるいは　妖精たちの手でたやすく作られる　金の夢とかいったものではなかった
かぼそくとがった　花々（青白い蘭）の穂先も　残すことなく
湿原の草を　いく列にも刈り倒していき　さらには
明るい緑色の蛇をおびやかした　真剣な愛からみれば
真実を越えるものは　どれも　弱すぎると思えたことであろう
事実とは　労働が知る　もっとも甘美な　夢
僕の長い大鎌が囁くと　あとには干し草が　できていった

ロバート・フロストの第一詩集『少年の心』（一九一三年、一九一五年）に収録された「草刈り」（"Mowing"）と題するこの有名な初期作品には、実はすでに彼の詩人としての基本姿勢および詩作原理に関わる重要な問題が内在していると指摘しておきたいと思います。緑豊かなニューイングランドの田園風景を彷彿とさせるフロストの代表作として愛唱されることの多い作品で、いわゆる「農場詩」（farm poem）の一つに数えられているものですが、その内容は必ずしも見かけほど平易ではありません。一見すると、ここにはニューイングランドの片田舎のある牧草地で草刈りに勤しんでいた語り手が、ふとしたことから自分が手にしていた大鎌のたてる音に耳を傾け、気ままなジョークを交えつつあれこれ連想を巡らし、最終的にはいかにもピューリタン的な労働の喜びの本質を見出すことになるという筋立てのように思えるわけですが、実際のところはそれほどすっきりとした話ではありません。結論を先取りして言えば、この「農場詩」には、フロストの詩人としての在り方を暗示するようなよりパーソナルな問題意識が潜在化しており、したがって田園という舞台を背景にして大鎌の音に耳を傾ける若者の置かれた状況は、自己の本然の姿を求めて思惟するフロスト内部の精神風景が二重写しになったものではないかという気がしてならないのです。要するに、この詩全体が、プラグマティズムの思想に強い感化を受けていた彼の詩人としての基本的詩想を語るたとえ話ないしは比喩となっているのではないかと思うのです。

そこで特に本稿では、この作品に現れた彼のプラグマティックな観念が、その後の作品においてどのような形で展開されているかを検討しながら、その詩想の一端を探っていくことにしましょう。以下、話を進めるにあたって前記の詩に含まれる彼の詩想を整理するために、まずはその内容を詳細に分析しておくことにします。

「草刈り」は、一見してわかる通り、一四行からなるソネット形式で書かれた作品で、内容的には大きく前半八行（octave）と後半六行に分けて考えることができますが、さらに細分化すれば一～三行目（起句）、四～六行目（承句）、七～一二行目（転句）、一三～一四行目（結句）の四つの部分に分けることもできるでしょう。ただ、脚韻構成の点からみると、abcabdecdgehgh（one / ground / myself / sun / sound / speak / hours / elf / weak / rows / flowers / snake / knows / make）といった具合に、ペトラルカ風、スペンサー風、シェイクスピア風の伝統的なソネット形式のそれに縛られることなく、かなり自由な展開になっています。しかも韻律は、全体的には弱強のリズムを基調としながらも、各所に弱弱強調（eg. Therĕ wăs névĕr ă sóund, l.1）や強弱調（eg. whíspĕríng tŏ, l.2）の変則的なリズムを配しながら、単一的な音の動きに流されない、「語り歌」（talk song）としての口語的な躍動を巧妙に作り出しています。こうした音の動きは、言うまでもなく、詩の内容そのものと深く関わっており、それは詩人の気分や心の動きを微妙に反映したものとなっているのです。たとえば、三行目あたりまでに見られるｓ音（sound / beside / scythe / whispered / myself）およびｚ音（was / was / was）は、静かな牧草地に鳴り響く草を刈る大鎌の金属的な擦音やその動きを巧みに伝えていると同時に、ある一つの想念に対する詩人内部の心のきしみや葛藤を映し出す不協和な音としての機能も備えているのです。人気《ひとけ》のない牧草地でただ一人で干し草作りに精を出しているとき、おそらく日頃の生活の慌ただしさのなかでともすれば答を見出せないまま、等閑に伏してきたかもしれない問題に対するある想いがふと詩人の心をよぎるとしましょう。仮にそれが、デリー農場時代から常にフロスト自身のなかで燻り続けていた、詩人としての生き方に対する迷いや、個人的生活と社会的生活の対峙から生じる不安や寂寥といった感情に近いものであったとすればどうでしょう。特に、『少年の心』が単行本として出版されたとき、この詩に「若者は、ただほんの些細な仕事を通じて人生を取り上げる」（"He takes up life simply with the small tasks."）という副題めいたコメントが添えられていたことを思い出す必要があるかもしれません。

詩人の作業の動きにあわせて、たえず大鎌は言葉にならない音を返してきます。普段であれば、それも彼の耳には無機質な「意味のない音」としか聞こえなかったかもしれません。ところが、この日の詩人の内面には孤独の翳りが見えます。それは、静寂に包まれた人気のない牧草地という「孤立」した状況と微妙な重なりを見せ、今までさほど気にもとめなかったであろう大鎌の音に敏感に感応する詩人自身の精神風景となって現れているのです。そして、彼に向かってなにかを告げようとしているように思えるこの大鎌の「囁き」は、言うまでもなく、彼自身の内部に響く今一つの抑圧された自我の「囁き」でもあり、それが意味する内容は空漠としてまだ認識可能なフォルムを備えているわけではありませんが、大鎌の音によって喚起、増幅されたこの内面の

「響き」に彼は直感的に耳を傾けるのです。以下三〜六行目において、詩人は切りつめられた現実のなかで、その大鎌の「囁き」の意味を問いつめていくことになるのですが、実はそれは外界の音に対する注意深い観察であると同時に、抑圧された自我の崩壊を内側から防ごうとする一種の自己保存の本能から生じた慎重な選択なのかもしれません。特に、'perhaps'、'something' といった非断定的な表現の二度の繰り返しや、「それはただ囁くだけで　話そうとはしなかった」という婉曲的な表現には、見方を変えれば、夢や空想に逃げ場を求め、安易な自答に満足すべきではないとするかのような詩人のストイックな姿勢が潜んでいることが看取できます。それは、決して議論を晦渋なものにしたり、抽象化したりするような態度ではなく、むしろ「真理」探求への詩人の間接的なアプローチ方法と見るべきものなのです。したがって、ここに提示された大鎌の音に対する二つの解答例は、単なるその場しのぎの形而上学的な詭弁ではなく、むしろ七行目以下に示された大いなる確信にいたるまでの、夢と現実を統合しようとする詩人の模索の過程上に浮かび上がってきた経験論的、実証論的認識に他なりません。

かつてフロストは特待生としてハーバード大学に席を置いた頃に、以前から興味を持っていたウィリアム・ジェイムズの心理学や、哲学の講義を受講したことがありましたが（一八九七―九九年）、詩人として本格的な活動を始めてからも、終生この思想家から強い影響を受けることになったのです。その意味で、先に述べたような詩人の姿勢には、「真の観念とは、我々が同化し、効力あらしめ、確認し、そして検証することのできる観念である」（『ウィリアム・ジェイムズ著作集5　プラグマティズム』）とする「プラグマティズムの真理観」の実践的認識が根強くあると言ってよいかもしれません。特に、展開部の七〜八行目の「無為な時のもたらす贈りものの夢」や「妖精たちの手でたやすく作られる金の夢」（妖精が木の葉を金に変えて人を騙すというお伽噺にちなむ）という表現は、現実認識の希薄な理想主義や空想主義を言い換えたものであり、まさにプラグマティズムが否定する「言葉の上だけの解説や無益な詮索や形而上学的な抽象」（『同右』）の比喩と考えてほぼ間違いないでしょう。そして、九行目以下で詩人は「観念」と「実在」の一致を目指して思考を巡らしながら、「かぼそくとがった　花々（青白い蘭）の穂先も　残すことなく／湿原の草をいく列にも刈り倒していき　さらには／明るい緑色の蛇をおびやかした　真剣な愛からみれば／真実を越えるものは　どれも弱すぎると思えたことであろう」という経験論者的な判断を下していきます。牧草の合間に咲く綺麗な花々を刈り取っていくイメージや蛇をおびやかすイメージには、現実の厳しさを敢えて受け入れようとする詩人の決意が暗示されていると見てよいかもしれません。なぜなら詩人の言う「真剣な愛」とは、眼前の甘美な夢の世界に迷わされることなく、果敢に現実に立ち向かおうとする真摯な心の厳しさと、その厳しさの奥に潜む生きることへの深い喜びを簡潔に表現したものであるからです。もちろん、この詩人は、「蘭」や緑鮮やかな蛇の美しさを解する心を持たない、無関心、無感動な人間でもなければ、非情な現実主義者というわけでもありません。むしろ彼は、同詩集第二部に置かれた「一叢の花」（"The Tuft of Flowers"）において、草刈りの合間にふと川縁に見つけた花々を刈り取らずに残しておいたある農夫とその彼に共感を覚える詩人と同じように、無味乾燥な現実生活のなかに潤いを保たせるようなゆとりある心情の持ち主なのです。その彼が敢えてこうした花や蛇を無視するというのは、一見矛盾した態度と映るかもしれませんが、実は「草刈り」におけるこうした美的イメージは、先の二つの「夢」とほぼ同一レベルにあるものと見るべきかもしれません。要するに、草刈りという行為は「生の営み」の象徴であり、七～一二行目で展開されるイメージは、この「生の営み」を直視しようとしないネガティブな「弱々しすぎる」世界の比喩となっているのです。

以上のように、詩人は、ジェイムズの言う「最初のもの、原理、『範疇』、仮想的必然性から顔をそむけて、最後のもの、結実、帰結、事実に向かおうとする態度」を保ちながら、「概念的近道を通って、経験部分の間を巧みに動きまわる」（『同右』）わけですが、最後に彼が辿り着いた「事実は労働が知るもっとも甘美な夢」という確信は、まさに経験主義と実証主義が深い懐疑を通じて獲得しえた現実認識の極みといえるかもしれません。そして、この「事実」とは、「僕の長い

大鎌が囁くと　あとには干し草が　できていった」という現実であり、その現実には抽象的観念論や主知主義の入り込む余地はいささかもありません。ここに見られるのは、事実と夢、現実と空想の狭間を行きつ戻りつしながら、絶えず物質と精神の融合を目指そうとする静かで忍耐強い詩人フロストの姿そのものであり、それは、たとえば第四詩集『ニューハンプシャー』（一九二三年）所収の「大地の方へ」（"To Earthward"）で示されている一種の「詩的告白」などを見てもわかる通り、その後の彼の詩に一貫して流れる不変的な詩想を端的に物語るものとなっているのです。

Love at the lips was touch
As sweet as I could bear,
And once that seemed too much;
I lived on air

That crossed me from sweet things,
The flow of—was it musk
From hidden grapevine springs

Downhill at dusk?

I had the swirl and ache
From sprays of honeysuckle
That when they're gathered shake
Dew on the knuckle.

I craved strong sweets, but those
Seemed strong when I was young;
The petal of the rose
It was that stung.

Now no joy but lacks salt,
That is not dashed with pain
And weariness and fault;

I crave the stain

Of tears, the aftermark
Of almost too much love,
The sweet of bitter bark
And burning clove.

When stiff and sore and scarred
I take away my hand
From leaning on it hard
In grass and sand,

The hurt is not enough:
I long for weight and strength
To feel the earth as rough

To all my length.

唇による愛は　僕の耐えうるかぎりの
甘美な　ふれあいであった
ときには　あまりあるものとさえ　思われた
僕は　大気のようなものを　糧として　生きていた

それも　あまやかなものから生まれて　僕と交わる
流れのようなもので　それは
隠れた葡萄のもと木から　こぼれて
夕闇の丘を　おりてくる　麝香の薫りで　あったろうか

摘みとろうと　さしだした
僕の掌のうえに　露をふりこぼす
そんな　忍冬《すいかずら》の小枝から

僕は　眩暈《めまい》と　痛みを　感じた

僕は　強い芳香に焦がれた　若い頃
ただ　強いとしか思えなかった　ものだけに
あの頃　感覚に刺激をあたえてくれたものは
まさに　あの薔薇の　花びらであった

でも　今　喜びとするのは
辛味のあるもの　苦痛や　倦怠や
あやまちに　彩られたもの
僕は　焦がれる

涙の汚れ　強すぎる
愛の傷跡　そして
渋い　キナの樹皮や

燃える　チョウジの　芳香に
草や砂に　強くおしあてた手に
僕は　激しい痛みを　覚えて
傷跡のついた　その手を
思わず　ひいてしまうけれど

そんな傷では　じゅうぶんとは言えない
僕は　全身に　大地が粗野なものだと
感じられるような
重さ　と　力　を　望んでやまない

この作品に関しては、詩人が自分の青春時代の恋愛体験を後年になって振り返りながら、その脆弱性を自覚した上で、現在自分が求めている愛が現実の様々な試練を経て生まれてくるものだと主張しているとする見方が一般的で、特に最終連の「全身に　大地が粗野なものだと／感じられるような／重さ　と　力」という一節には、「死」によって達成される究極的な愛の姿への強烈な願望が込められているかもしれないとする解釈もあるようですが（Modecai Marcus, 1991）、果たしてこの詩は純粋な“love poem”として簡単に処理してしまってよいのでしょうか。字句的に見れば、確かに「愛」を主題の中心に置いて、完全で理想的な愛を求めていた過去の自分と、幾多の経験を経てより大人になった現在の自分というコントラストが明瞭に描かれていることは否定しようもないわけですが、後にフロストがこの作品に関して語った次のバーナード・デボウト（Bernard DeVote）宛の手紙（一九三八年一〇月二〇日）などには、フロスト自身の詩人としての根本的な生き方に関わる問題が暗示されているように思えるだけに、どうしてもこの詩を型どおりの“love poem”の範疇に押し込めてしまうことに抵抗を感じてしまいます。

それ［哲学］は宗教と同じで、昔も今も永遠に同じに違いありません。三千年の間に変化し、つまらないものとなった「創世記」のなかの唯一の部分は科学の面だけです。宗教はじっとしているものなのです。僕は、若い頃から老齢にいたるまで、反プラトニックなものですが、それでも攻撃に耐えられるような自分の哲学を多少なりとも壊さずに持っています。でも、去年冬がやってきたとき、今の僕があいも変わらずそのときのフロスト［霜］とうんざりするほど同じままであると言えば、僕の肉体や気分からみて、公正を欠くことになるでしょう。あなたは、この夏に僕に起こった変化に注意しておくべきだったのです。人がさらに悪くなったか否かなど誰が気にするでしょう。そんなことを気にするのは、僕の作品の真面目な研究者であるあなたかもしれませんね。でも、エイビス〔デボウト夫人〕も僕も嘆息などついたりはしません。僕の本性に起こった最大の変化の一つが、「大地の方へ」のなかに――実は洞察力のある人から見れば他の作品のなかにも、なのですが――記録されています。学生の頃の僕は、インクで汚してきた習字のお手本帳を何度も何度もおさらいすることしか能がなかったのです。だから完全なものに憧れて人生の第一歩を踏み出したとき、なんとかしてそのようなものを手に入れようと決意したのです。でも、やがてそんなものを期待するのは諦めました。そんなものがなくてもじゅうぶんやっていけるようになったのです。今僕は、実は自分が手作りに特有のあの「きず」を求めているのがわかったのです。不完全さに見とれているのです。僕をよく注意して見てください。批評家であり心理分析者であるあなたなら、その方法くらいわかるでしょう。とはいいながら、今僕は自意識過剰になって、果たしてどうなのかわかりませんが、僕の著作のあらゆるページに光明を投じることになるかもしれない何かについてお話しているわけですが。要するに、僕は悪い悪い人間なのです。（*Selected Letters of Robert Frost.* pp.481-2）

この書簡は、一九三八年の夏にヴァーモント州でのブレッド・ローフ作家協会の集まり（現在も続いている）の席で、友人で批評家のデボウトから別れ際に「あなたは優れた詩人ではあるが、悪い人間だ」と非難されたことを気に病んでいたフロストが、後日その非難への返答のつもりでしたためたものです。若い頃から、絶えず周囲の社会と様々な形で衝突を繰り返してきたフロストの実像については、すでにトンプスンの『フロスト伝』やサンドラ・キャッツの『エリノア・フロスト——詩人の妻』（一九八八年）などによってかなり詳しく論じられているので、煩を避けるためにもそれについて語ることは差し控えたいと思いますが、一言ここで述べておく必要があるとすれば、それは、フロストという人間には終生「愛」に対する強い「渇望」があったという点です。気ままで気むずかしい所の多かった彼には、常に自分を理解してくれる「身内」が必要だったのです。その意味では、極めて自意識の強い詩人であったと言ってもよいでしょう。その彼が「大地の方へ」といった形で「愛」のテーマを歌うとき、そこにはどうしても“love poem”と一言では片づけることのできない、より複雑な問題の絡みがあるように思えてなりません。要するに、ここには、おそらく「愛」という人間共通の純粋な感情をテーマとしながら、その個人的体験を語ることによって、実は自己の詩人としての生き方や、それを支える広い意味での「詩論」がその内に隠されているのではないでしょうか。後年、第七詩集『証の木』（一九四二年）所収の「今日の教え」（"The Lesson for Today"）のなかで「僕は世の中と恋する者の諍いをしてきたのだ」（'I had a lover's quarrel with the world'）と歌ったフロストにしてみれば、「愛」という語は彼の人生を包括する象徴であり、一つの大きなテーマでもあったことがわかるでしょう。その意味で、「大地の方へ」という作品に見られる「愛」についての姿勢の変化は、そのまま彼の詩人としての問題意識の変化を告げるものであったとしても決して不思議ではありません。「完全なもの」から「不完全なもの」を希求するようになった詩人の心の変化からは、先にも触れた通り、様々な矛盾をはらんだ現実世界との関わりを意識すればするほど、もはや合理主義や理想主義ではわりきることのできない問題があるのだと告白するフロストの痛切な体験を感じとることができるでしょう。そしてこの個人的な体験は、やがて彼のなかに「大地の上に生きること」への「愛」を歌う詩人としての決意を植えつけていくことになるのです。第一詩集『少年の心』以降、自然、人間、社会、政治、宗教、芸術など多方面にわたるテーマを歌い続けていくことになるフロスト詩の世界は、常に個別的な体験の一つの集合体と考えてよいでしょう。それはとりもなおさず自己の詩を雲上の世界に押し上げてしまうことなく、絶えずこの不完全な現実世界に身を晒しながら歌う彼にもっともふさわしい姿勢であったともいえるかもしれません。

II

一九一六年にフロストの第三詩集『山間の地に暮らして』（*Mountain Interval*）が上梓されたとき、たとえばシドニー・コックス（Sidney Cox）は『ニュー・リパブリック』誌（*The NewRepublic*, 12, August 25, 1917）の書評のなかで次のように語っています。

ロバート・フロストの近著『山間の地に暮らして』は、前の二つの詩集と同様、根源的で抱擁力ある特質、すなわち真摯さ――認識の真摯さ、思想の真摯さ、感情の真摯さ、表現の真摯さ――を備えたものとして登場してきた。フロスト氏の信ずるところでは、「詩人は事実にしっかりと、ときには傷がつくくらいしっかりと、寄り掛からなければならない」という。そして、氏の作品を読んだあとに、現実の経験を味わったと読者が感じるのは、まさに氏がそうした信念の持ち主であるからなのだ。色々な事柄に強く寄り掛かるというのは、単にその事柄を押しつけることではなく、それらにはっきりとした輪郭を印して、突き出た瘤の部分を深く沈み込ませることなのだ。したがって、そんな風に経験にしっかり寄り掛かっている詩人は、まさに浮き彫り細工になくてはならないディテールを施しながら、人生の断片をあるがままに表現することができるのである。フロスト氏の作品における人生の断片はすべて経験としてまず存在しているのであって、机の上で考え出されたものはなに一つない。また、舞台背景に関する限りにおいては、それらは地方的である。『ボストンの北』のそれらは、実際にボストン北部で〈起きた〉ことがあるものといえるかもしれない。それに、この新しい詩集タイトルが示している通り、最後のいく篇かはよりいっそう限られた地域に属するものとなっている。こうした地域的限定が設けられているのは、フロスト氏が、詩人は推測ではなく自分が知っていることだけを口にすべきであると信じているためなのだ。

……まるで本当の恋人のように、氏は自然に対して誠実であり、そこに存在しないものを見ているふりなど決してせず、あらゆるものに目を向けながら、その瑞々しい魅力を明らかにしてくれる。しかも、その魅力をことさら持ち上げたりもしない。「我々は、我々がそのあるがままの姿がゆえに愛する事物を愛するのだ」と氏は語っており、我々も「樺の木」の次のような一節を読めば、彼の言うことをなるほどと思うのである……

以下、コックスの書評は延々とフロスト詩絶賛の形で続いていきます。ややフロスト贔屓過剰の感がしないでもありませんが、ここで注目すべき点は、「詩人は事実にしっかりと、ときには傷がつくくらいしっかりと、寄り掛からなければならない」というフロストの基本的な考え方です。英国に渡る前にデリー農場からニューハンプシャーのプリマスに移り、一時そこでフロストが教鞭をとっていたときにたまたま知り合いになったコックスは、以後フロストと長く親交を温めることになりました。いわゆるフロストの「身内」ともいうべき人物だけに、上掲の書評にフロスト信奉者としての過剰な意識がなかったとは言い切れませんが、しかし逆に言えば、フロストとの長いつきあいのなかで、彼が直接詩人から伝え聞いた話のなかには極めて重要な問題が数多く含まれていたことが容易に推測できます（後年、コックスはフロストとの親交を纏めた『樺の木を揺する者』［一九五七年］を出版）。先の小さな引用も、おそらくそうしたフロストとの接触のなかから取材したものの一つと考えてよいかもしれません。「事実」や「経験」に重点を置くフロストの姿が、先に見た「草刈り」の詩人のそれと見事に合致していることは、もはや指摘するまでもないでしょう。あらためてフロストがプラグマティックな詩人であったことを再確認させてくれるような発言といってもよいでしょう。しかも、彼の地方主義や田園主義の背後にこのプラグマティズムが深く関わっていたことがわかります。一八一五年に、フロストは批評家で詩人のルーイス・アンターマイア（Louis Untermeyer）に宛てた手紙のなかで「詩人として自分を分類しなければいけないとしたら、詩の提喩法が好きだから〈提喩詩人〉と呼べるかもしれません――例の、全体を表すのに部分を使用する比喩です」("If I must be classified as a poet, I might be called a Syne[c]dochist, for I prefer the synecdoche in poetry—that figure of speech in which we use apart for the whole.")と語ったことがありますが、これなども日常の部分的ないしは断片的な「事実」や「経験」を一つ一つ積み重ねながら、やがて大きな集合体へと導いていくフロストの方法にもっとも適していた手法であり、彼が若い頃から傾倒していたプラグマティックな認識論や世界観を自己の芸術のなかで実践している詩人であると表明したものと考えてよいでしょう。そこには、ニューイングランドの地方世界、それも人間社会の原初的な小宇宙としての田園や農村や自然という「部分」から出発して、文明の大きな枠組みを意識させるフロストの詩人としての姿勢があることを認識しなければならないのです。最初に統一的ないしは普遍的な原理が存在して、我々の社会の部分部分はその原理に従って動いているのだとするような演繹的論理は、フロストにとっては「ただある見地からみれば有用でありうるというに過ぎない」(『プラグマティズム』)机上のものでしかなかったのです。そして、こうした観念的合理主義はフロストにとってはまさに受け入れがたいものでした。不条理で、不完全で、矛盾に満ちた現実のなかに生きることの意味を問うとき、懐疑的なフロストの目の前に展開する世界の実相はもはやプラトニックな一元的、仮想的世界ではありえないからです。

以上のような意味で、次に扱う第三詩集『山間の地に暮らして』に収められた「樺の木」（"Birches"）は、フロストの抒情詩には珍しい無韻詩（blank verse）で書かれた作品ですが、「草刈り」同様、彼の現実世界との対応の仕方を巧みに歌ったもので、彼の詩人としての基本姿勢を知る上でも極めて重要な問題を含んだ作品となっています。以下、全五九行からなるこの作品を分析するために、その内容を考慮して、全体を三つのパート（ll.1-20; ll.21-40; ll.41-59）に分けて話を進めていくことにしましょう。

When I see birches bend to left and right
Across the lines of straighter darker trees,
I like to think some boy's been swinging them.
But swinging doesn't bend them down to stay
As ice storms do. Often you must have seen them
Loaded with ice a sunny winter morning
After a rain. They click upon themselves

As the breeze rises, and turn many-colored
As the stir cracks and crazes their enamel.
Soon the sun's warmth makes them shed crystal shells
Shattering and avalanching on the snow crust--
Such heaps of broken glass to sweep away
You’d think the inner dome of heaven had fallen.
They are dragged to the withered bracken by the load,
And they seem not to break; though once they are bowed
So low for long, they never right themselves:
You may see their trunks arching in the woods
Years afterwards, trailing their leaves on the ground
Like girls on hands and knees that throw their hair
Before them over their heads to dry in the sun.

晩冬から初春にかけて、ニューイングランド北部地方では、特に雨上がりの朝になると日の光を受けてダイアモンドのように輝く樹氷がよく見うけられます。黒々とした松や杉の大木に混じって、氷の重みに耐えかねクリスタルのような枝を垂らしている落葉樹の姿は、秋の紅葉とともにこの地方を代表する風物の一つに数えられています。さて、樺の木を巡るこの最初の二〇行ほどの情景描写からは、ニューイングランド地方の風物に対する詩人の観察眼の細やかさや深い愛情が伝わってきます。そして、読者は“Often you must have seen them...”と呼びかける詩人の声に誘われるように、自然が作り出したこの束の間の美しい造形物を間近に目にしているような気分に浸されてしまうでしょう。枝々を包むエナメルのような樹氷と、アーチ型に左右に曲がっている樺の木々の姿という「事実」を前にして、詩人は自己の確実な「経験」のなかから、想像の翼を少しずつ広げていくことになります。まず、最初に彼が心に思い描く情景は、樺の木揺すりをする少年の姿であり、その少年の遊びの名残としての曲がった樺の木の姿です。ところが、詩人にはそうした少年の遊びだけで、木にそんな曲がり癖がついたりしないこともよく承知しているので、より「科学的」で「現実的」な説明をつけ加えることになるわけですが、その説明の声のなかには読者に対するおしつけがましい調子はいっさい含まれていません。むしろ、ここには一つの経験を読者と共有しながら、ともにこの美しい情景を静かに観察しているような詩人の姿があるといってもよいでしょう。七〜一三行目に見られる、風に吹かれて樹氷に覆われた木々の枝が触れあう場面や、太陽の熱で樹氷が溶けて下に落ちていく場面、さらに落ちた氷のかけらが崩れ落ちた天のドームの内壁を連想させるという場面など、ここに描かれた情景描写の細やかさには、こうした風物に慣れ親しんだ者の持つ強みがあります。しかも、情景描写とともに、ここで用いられている音の効果は、読者のなかに詩人と同じ経験空間を共有しているのだという意識を自然に作り出す機能を果たしています。たとえば、“**click**”、“colored”、“**cracks**”、“crazes”、“**crystal**”、“**crust**”、“**broken**” などの語に含まれるK音は、枝の動きや触れあう音、ひび割れていく氷や、固い地上の雪に打ち当たる氷の固まりなどの音を正確に伝える、子韻および頭韻の機能を遺憾なく発揮しているのです。さらには、“**themselves**”、“As”、“breeze”、“**rises**”、“**As**”、“**stir**”、“**cracks**”、“crazes”、“**Soon**”、“**makes**”、“**shed**”、“crystal”、“**shells**”、“**Shattering**”、“snow”、“**crust**”、“**Such**”、“heaps”、“**glass**”、“**sweep**” などに含まれるｓ音、ｚ音などの歯擦音も、こうした自然物が作り出す動きや音をうまく連想させる効果を上げています。音の響かせ方によって詩のムードを操作する術に長けていたフロストならではの手法といってもよいでしょう。しかも、音を巧みに操りながら鋭敏な観察を通じて、目の前の「事実」を正確に描写しながら、その後半部において「天の円屋根」を持ち出してくるあたりの詩人の心のなかには、連想による「遊び」を忘れない余裕が潜んでいることもわかります。そして、この遊び心は、地面にその枝先をつけるようにして大きく曲がっている樺の木の姿を、日向で長い髪を乾かしている女性のそれになぞらえている一九～二〇行目の“Like…”以下の直喩にもよく現れています。これら二つのイメージは、ともに曲がった樺の木と樹氷の美しさを作り出した自然の大いなる仕業に対する詩人の驚嘆と共感を表す比喩であり、彼の「観察」を現実から遊離した世界に引き上げるための「空想」では決してないのです。

このように、冬場によく見られる樺の木の特異な姿を巡る詩人の解説には、三行目の“I like to think some boy's been swinging them.”という控えめな表現からもわかる通り、「事実」と「経験」という限定された枠に収まりながらも、常に「真理」の探求に向けて「真摯」な態度を保とうとしていることが読みとれます。そう考えない人もいるかもしれないが、このニューイングランドで長く暮らしてきた僕などは、曲がった樺の木を見るとつい「樺揺すり」のことが真っ先に頭に浮かんでくるとでも言いたげな詩人の口調には、自己の経験を相手に強要することのない余裕や、さらには自信のようなものさえ伝わってきます。そして、この余裕や自信は、次の第二パートのユーモラスな出だしの言葉となって、詩人のさらなる想像力を駆り立てていくことになるのです。

But I was going to say when Truth broke in
With all her matter of fact about the ice storm,

I should prefer to have some boy bend them
As he went out and in to fetch the cows--
Some boy too far from town to learn baseball,
Whose only play was what he found himself,
Summer or winter, and could play alone.
One by one he subdued his father's trees
By riding them down over and over again
Until he took the stiffness out of them,
And not one but hung limp, not one was left
For him to conquer. He learned all there was
To learn about not launching out too soon
And so not carrying the tree away
Clear to the ground. He always kept his poise
To the top branches, climbing carefully
With the same pains you use to fill a cup

Up to the brim, and even above the brim.
Then he flung outward, feet first, with a swish,
Kicking his way down through the air to the ground.

“Truth”を大文字書きにしているあたり、いかにもフロストらしいジョークを感じないではいられません。「草刈り」の九行目に登場する小文字のそれとは随分趣が異なります（ここでは、一応二二行目の“her”を意識して〈真理の女神〉と解しました）。真理は、ときには頑で融通の利かない女性というイメージが強いのかもしれません。要するに、この出だしの数行は、パート一の最初の三行で持ち出した樺の木と少年の話が中断してしまったことに対する一種の弁解となっているわけですが、以下四〇行目までは、当初“I like to think some boy’s swinging them.”とことわっておいた話を再度より具体的に展開したものとなっているのです。ここに見られる話は、おそらく詩人自身の少年時代の経験ないしは自分が見聞きした田舎の少年たちの話に基づいて連想されたエピソードと見てよいでしょう。いずれにせよ、詩人にとって懐かしい光景であることに違いはありません。今大人になった詩人は、失われゆく童心を懐かしむように、曲がった樺の木とそれに纏わる過去の経験世界をつぶさに開陳してみせるのです。都会から離れて暮らすニューイングランドの片田舎の少年の生活には、一種の牧歌的な気分が漂っています。遊び道具も遊び相手も少ない少年にとっては、自然こそが大切な遊びの場だったのです。そして、この自然は少年に樺の木を遊び道具の一つとして与えてくれたわけですが、その遊びの方法は、おそらくこの土地に生きる人々によって長く受け継がれてきたものであったのかもしれません。長い冬を終え、三月後半から四月初旬頃になると、まだ雪や氷の残るニューハンプシャーやヴァーモントあたりの山々でも、冬眠からさめた様々な種類の樺の木が、常緑樹の緑に混じって、涼やかな淡い緑色の葉を芽吹くようになります。そうした緑豊かな山村や農場を舞台にして、少年が繰り広げるこの小さな遊びのなかに、詩人は自己の歩んできた道と樺の木の天辺を目指して慎重に進んでいく少年の姿をだぶらせているのかもしれません。そして、やがて柔軟性のあるその木の枝をつかんだまま、天辺から地上めがけて飛び出し、何度か地上と天空を往復する少年の様子は、次の第三パートにおける詩人の瞑想を引き出すための伏線となっていることがわかります。また、“He learned all there was...”で始まる二二～二五行目の件に描かれた、経験を通して物事を学んでいく少年の姿には、フロストの経験主義や実証主義に対する考えがそれとなく暗示されているのかもしれません。さて、次にいよいよこの詩のクライマックスとなる第三パートへと進んでいくことにしましょう。

So was I once myself a swinger of birches.
And so I dream of going back to be.
It’s when I’m weary of considerations,
And life is too much like a pathless wood
Where your face burns and tickles with the cobwebs
Broken across it, and one eye is weeping
From a twig’s having lashed across it open.
I’d like to get away from earth awhile
And then come back to it and begin over.
May no fate willfully misunderstand me
And half grant what I wish and snatch me away
Not to return. Earth’s the right place for love:
I don’t know where it’s likely to go better.
I’d like to go by climbing a birch tree,
And climb black branches up a snow-white trunk

Toward heaven, till the tree could bear no more,
But dipped its top and set me down again.
That would be good both going and coming back.
One could do worse than be a swinger of birches.

この第三パートに入ると、先の樺の木揺すりの少年の話を受けて、詩人は今、無垢な時代への回帰願望を瞑想という形を使って展開していくことになります。かつては自分もこの少年と同じように“a swinger of birches”であったと告白しながら、彼は様々な試練を経て大人の世界に身を置くようになった自分のなかに今もなお生き続けている過去の思い出に、心の拠り所となるべき経験の意味を問いつめているのです。特に、心に悩みを抱え、進むべき道を見失ったときに、ふと蘇る少年時代の小さな体験に、当時は思いもつかなかったような人生の意味を読みとろうとしているこの詩人の姿は、ときとして過去の世界への回帰願望に伴いがちな現実逃避の消極的な弱さを示すようなものではありません。むしろ、様々なしがらみに縛られた現実世界のなかで、詩人はその現実のもっとも重要な部分が見えにくくなった状況を打開するために、そうした不純物の取り払われた空間としての少年の遊びの世界を見つめ直していると考えるべきなのでしょう。

そして、詩人が見つめるこの遊びの世界には、天と地を往復するなかで得られる一種のエクスタシーが存在するのです。天空と地上の間を行きつ、戻りつしながら、やがては戻らねばならない地上の現実世界への指向性を問題にして、ここにはキリスト教的な死後の世界に対する詩人の抵抗や懐疑があるのだとする読み方があります（J. D. Sweeney and J. Lindroth, 1965）。もっとも一般的な解釈といってよいかもしれません。特に、五〇〜五二行目あたりに見られる “May no fate willfully misunderstand me / And half grant what I wish and snatch me away / Not to return” という祈願に対する自戒的な意味あいを含む一節 “Earth's the right place for love” には、詩人の現実逃避願望の究極点としての「天国」の誘惑のイメージと、安易な逃避をさけて「現実」をあるがままに受け入れて生きていくことの重要性が暗示されており、詩人としては後者の方に重点をおいていることがわかるわけですが、ただ、後者に「神の御前にて従順たるべし」と説くピューリタン的な信仰の根が隠されている点を見逃してはなりません。なぜなら、地上は人間が神から授かった生きる試練の場であるとする考え方が、すでに『少年の心』に収められた「生きる試練」（“Trial by Existence”）に示されていたことを視野に入れて考えると、「キリスト教的」という大まかな言葉では処理しきれない問題が生じてくるからです。かつてフロストはニューヨークでのある対談のなかで自分のことをピューリタンと語ったことがありますが（John Farrar, “The Poet of New

England's Hill-men." *Literary Digest International Book Review*, 1. Nov. 1923)、そこにはこうした現実との深い関わり方に対する基本的な姿勢の問題があったからでしょう。さらには、前者の「天国」のイメージにしても、確かにそこに込められた内容にややネガティブな要素がなくもありませんが、しかし経験を重視する詩人にとって、暗い現実を前にしたときの閉塞的な状況に苦悩する心の汚れを取り去ってくれる、より積極的な精神浄化の空間イメージとしてとらえれば、ここに示された樺の木揺すりの往復運動がよりはっきりとした意味を帯びてくるのではないでしょうか。オスター氏（Judith Oster）は、この作品の優れた点を詩の意味内容と詩の経験内容をぼかしているところにあると見ています（*Toward Robert Frost: The Reader and the Poet*, 1991）。つまり、この詩においては、全体のイメージ群の具象性とは裏腹な詩人のメッセージの不透明性、氏の言葉を借りれば「フロスト特有の中間性」（'Frost's typical "between-ness"'）が重要なポイントになっているのです。フロスト詩の持つこうした「中間性」は、決してアンビギュアスな「意味のぼかし」ではなく、むしろ一見相反する二つの要素の価値を認め、それらを自己のなかに取り込もうとするアンビバレントな意識から生じるものであり、それは彼が一元的な合理主義や観念論に懐疑的であったことと無縁ではありません。経験の一様化などはまさに机上の論理でしかありえないのです。仮に一つの現実を複数の人間が共有したとしましょう。すると、そこにはその人間の数だけの現実があり経験が生じてくることになるのです。このように、現実の多重性、多層性を意識すればするほどフロストの詩人としての目には、実存的な自己の経験というより確実なプラグマティックな世界を目指して様々な思考を巡らす必要性が見えてくるのです。そうした意味で、ここに示された二つの世界を巡る動きには、直接経験と推論しうる他の経験とのバランスを保とうとする認識が強く作用してくることになります。フロストにとっての「天」は、純粋さを宿した心の拠り所として「実存」する回帰的世界であり、「地上」は生きる喜びを見出すべき現実世界でした。彼にとってはどちらか一方が、他方に勝るというものではなく、この二つの世界の間を行きつ戻りつするその往復運動の動きのなかに、人生の大きな意味合いが含まれていたことを強く意識していたのでしょう。そして、詩人フロストが目指すこのような方向性が、彼の詩作の中枢を占める重要な哲学であり「詩想」となっていることは、もはや指摘するまでもないでしょう。なお、先の「草刈り」をはじめとして、フロスト詩にしばしば登場してくる、"something"、"something more"、"anything more"的な婉曲表現なども、まさに人間の功利的な価値判断や断定を拒む現実への彼の「真摯」（sincerity）な「哲理」を示すものといって差し支えありません。

III

以上の通り、これまでの話のなかで、フロストを経験主義者の枠で縛りすぎたきらいがあるかもしれません。本来、彼は何々主義を旗印に掲げるような活動から距離を置いてきた詩人だけに、ここでことさら彼の詩想を限定的に論じるのは、ある意味で彼の意思に反することになるかもしれません。とはいえ、彼の詩のなかに潜むアンビバレントな要素を考えるとき、功利主義的ないしは合理主義的な思索に落ちつきの悪さを感じとっていた彼の姿には、やはり生の営みを有機的な集合体としてとらえようとする経験主義者フロストの生き方がどうしても見えてくるのです。先にも触れたように、フロスト詩が敢えて問題解決の断定を避けて常に懐疑的な要素を秘めているのも、それは「事実」を様々な角度から眺めようとする彼のなかのプラグマティックな意味での経験主義や多元的世界観、不可知論的思考などが強く作用しているからだという点は、否定できません。したがって、謎多き矛盾に満ちたものであればこそ人生は生きるに足るのだとフロストが信じていたとすれば、たとえば「僕は僕の人生をコーヒー・スプーンではかりつくしてしまった」('I have measured out my life with coffee spoons') というプルーフロックの有名な「台詞」も、彼からすれば、どこか冷ややかで芝居がかった「あざとい演技」と映っていたのかもしれません。

ここで彼にふさわしい台詞を先の詩のなかから一つあげるとすれば、やはりそれは最後に置かれた“One could do worse than be a swinger of birches”という、気負いを感じさせない、それでいて含意に富んだユーモラスな言葉ということになるでしょうか。

【参考文献】

A. Primary sources

Frost, Robert. *A Boy's Will*. New York: Henry Holt and Company, 1915.

---. *Mountain Interval*. New York: Henry Holt and Company, 1916.

---. *New Hampshire*. New York: Henry Holt and Company, 1923.

---. *A Witness Tree*. New York: Henry Holt and Company, 1942.

Lathem, Edward Connery(ed.), *Interviews with Robert Frost*. New York: Holt, Rinehart and Winston, 1966.

---. *The Poetry of Robert Frost*. New York: Holt, Rinehart and Winston,1969.

Thompson, Lawrance (ed.). *Selected Letters of Robert Frost*. New York: Holt, Rinehart and Winston, 1964.

B. Secondary sources

Bagby, George F.. *Frost and the Book of Nature*. Knoxville, TN: The Univ. of Tennessee Press, 1993.

Cox, Sydney. *A Swinger of Birches*. New York: New York Univ. Press, 1957.

Francis, Lesley Lee. *The Frost Family's Adventure in Poetry: Sheers Morning Gladness at the Brim*. Columbia, MO: The Univ. of Missouri Press,1994.

Hall, Dorothy Judd. *Robert Frost: Contours of Belief*. Athens, Ohio: Ohio Univ. Press, 1984.

Katz, Sandra L.. *Elinor Frost: A Poet's Wife*. Westfield, MA: Institute for Massachusetts Studies, Westfield State College, 1988.

Marcus, Mordecai. *The Poems of Robert Frost: an explication*. Boston: G.K. Hall and Co., 1991.

Oster, Judith. *Toward Robert Frost: The Reader and the Poet*. Athens, GA: The Univ. of Georgia Press, 1991.

Potter, James L.. *Robert Frost Handbook*. Penn.: The Pennsylvania State Univ. Press, 1980.

Sweeney, J.D. and Lindroth, J.. *The Poetry of Robert Frost*. New York: Monark Press, 1965.

Thompson, Lawrance. *Robert Frost: The Early Years, 1874-1915*. New York: Holt, Rinehart and Winston, 1966.

----. *Robert Frost: The Years of Triumph, 1915-1938*. London: Jonathan Cape Ltd., 1971.

Wagner, Linda W.(ed.). *Robert Frost: The Critical Reception*. Burt Franklin& Co., 1977.

C. Others

ウィリアム・ジェイムズ『ウィリアム・ジェイムズ著作集5 プラグマティズム』桝田啓三郎訳、日本教文社、昭和三五年。

ウィリアム・ジェイムズ『ウィリアム・ジェイムズ著作集2 信ずる意思』福鎌達夫訳、日本教文社、昭和三六年。

＊右の論攷は、『追手門学院大学創立三十周年記念論集〔文学部篇〕』（一九九七年三月）に発表した「ロバート・フロスト：夢と現実の狭間で――『樺の木』の場合――」を基にして、部分的に加筆・修正を施したものです。本訳詩集刊行に際して転載させていただいたことをここにお断り申し上げます。

訳者あとがき

ここに訳出したロバート・フロストの『山間の地に暮らして』（*Mountain Interval*, 1916）は、滞英中（一九一二〜一五年）にロンドンのデイヴィッド・ナット社より上梓した『少年の心』（*A Boy's Will*, 1913）と『ボストンの北』（*North of Boston*, 1914）の二冊に続く第三番目の詩集で、帰国後に出版された最新作ということになります。テキストは一九一六年一一月一日にヘンリー・ホルト社から出版された初版を使用しましたが、その後の版で加えられた二篇については、同社の『ロバート・フロスト詩集』（*Collected Poems of Robert Frost*, 1930）を参照しながら、補遺として最後に収録しました。また、初版においては、作品タイトルの表示方法が目次と詩集本体内で一部不揃いになっていますので、目次の表記に合わせて統一することとしました。

『山間の地に暮らして』は、抒情詩中心の第一詩集『少年の心』の世界と、劇的対話詩、劇的物語詩を中心とした第二詩集『ボストンの北』の世界を組み合わせた構成になっていることがわかります。特に詩集構成に関していえば、それは七年後の一二三年に発表された第四詩集『ニューハンプシャー』において、より意識的な形で纏まりを持ったものへと発展、進化を遂げることになるのですが、この点については、拙訳『ロバート・フロスト詩集――ニューハンプシャー』（春風社、二〇二〇年）ですでに詳しく触れておきましたので、ここでは敢えてその話には立ち入らないことにします。ともかく、『山間の地に暮らして』には、巻頭の「行かなかった道」、「ある老人の冬の夕べ」、「樺の木」、「『消えろ、消えろ――』」、「雪」などフロスト詩を代表する作品が含まれています。テーマも自然と人間社会の関係を中心としたフロストお馴染みの問題を扱った作品が多数収録されています。いく篇かの優れた先行翻訳もありますが、ここには今まで日本語で紹介されたことのない作品が多数含まれています。日本語に移しづらい言葉や言い回しも少なくなく、訳語の選択に苦慮することが多々ありました。ときには、叱正を覚悟で疑似創作に近い形で訳語をあてることもありました。読み違えも少なくはないかもしれません。ご教示いただけましたら幸いです。

はなはだ個人的な話になりますが、振り返ってみると、フロストとのつき合いの始まりは、卒業論文作成に苦闘していた学生時代に遡ります。そのときに扱った作品が、本詩集のエピローグの直前に置かれた長篇の劇的対話詩「雪」でした。爾来、四八年にわたって彼の詩の読者の一人として、ときにはものを考えたり書いたりもしてきましたが、まだまだ紹介できていない作品が数多く残っています。視力の衰えも加わり、道のりの険しさに気持ちが萎えてしまいそうになることも多々ありますが、詩を愛でる心をなくさないよう、これからも彼の作品を中心に詩の言葉について考えを巡らしていきたいと思っています。

昨年ある学会のシンポジウムで、パネラーのお一人が、最近では詩集が専門図書のカテゴリーに分類され、一般の読者の目に触れる機会が少なくなってしまったと苦笑混じりに語っておられました。本来は、特に若い世代の人たちにこそ、消費型情報社会とは次元を異にする文学の言葉の不可思議な世界について考えて欲しいと思っている者の一人として、こうした海外の詩を通じて、言葉による表現の広がりや奥行きを直に感じ取っていただきたいと切に願うばかりです。

最後になりましたが、本詩集の翻訳の意義に深いご理解をいただき、出版をお引き受けくださいました小鳥遊書房の高梨治氏には、心よりお礼申し上げます。

二〇二三年九月一八日

藤本雅樹

【著者】
ロバート・フロスト
（Robert Frost, 1874-1963）

アメリカの国民的詩人。ニューイングランドの田園世界を舞台に、自然と人間社会の問題に目を向けながら数多くの名作を残したが、生誕地はサンフランシスコ。11歳のときに父親が亡くなり、父方の故郷マサチューセッツ州ローレンスに移住。ローレンス高校時代に詩作を始める。ダートマス・カレッジに進学するが、1学期で退学。エリノア・ホワイトと結婚。祖父の資金援助を受けデリーに農場を購入。高校教師を経て、1912年9月、家族とともに渡英。『少年の心』、『ボストンの北』を相次いでロンドンで出版。エズラ・パウンドと出会う。1915年2月22日に帰国した後、詩人としての評価を得て、詩作に専念。アマースト・カレッジをはじめいくつかの大学から招聘され、在留詩人として教鞭をとる。1961年3月26日、J·F·ケネディの大統領就任式典で「即座の贈り物」を朗読。1963年1月29日、ボストンのブリガム病院で88年10ヵ月の生涯を閉じる。詩人の死を悼んで、全米各地で半旗が掲げられた。ピュリツァー賞（詩部門）を4度受賞。代表作、「石垣修理」、「林檎もぎをおえて」、「行かなかった道」、「ある老人の冬の夕べ」、「薪の山」、「大地の方へ」、「雪の夕べ森辺に佇んで」、「金色のままでいられるものは何もない」、「雇い人の死」、「埋葬」、「西に流れる川」などを含め、人口に膾炙した抒情詩や劇的物語詩、対話詩が多数ある。

【訳者】
藤本雅樹
（ふじもと　まさき）

1953年、兵庫県に生まれる。神戸市在住。龍谷大学文学部名誉教授。
主な著書・訳書：『オレゴン・トレイル物語――開拓者の夢と現実』（共著、英宝社）、『黒船の行方――アメリカ文学と「日本」』（共著、英宝社）、『ロバート・フロスト詩集――ニューハンプシャー』（春風社）、『ロバート・フロスト――哲学者詩人』（共訳、晃洋書房）、『エリノア・フロスト――ある詩人の妻』（晃洋書房）、『ロバート・フロストの牧歌の技法』（晃洋書房）ほか。

ロバート・フロスト詩集《ししゅう》

山間《やまあい》の地《ち》に暮《く》らして

2023 年 10 月 20 日　第 1 刷発行

【著者】
ロバート・フロスト
【訳者】
藤本雅樹

発行者：高梨 治
発行所：株式会社**小鳥遊《たかなし》書房**
〒 102-0071　東京都千代田区富士見 1-7-6-5F
電話 03 (6265) 4910（代表）／ FAX　03 (6265) 4902
https://www.tkns-shobou.co.jp
info@tkns-shobou.co.jp

装幀　鳴田小夜子（KOGUMA OFFICE）
印刷　モリモト印刷株式会社
製本　株式会社村上製本所

ISBN978-4-86780-028-7　C0098